刑偵三人組 1

沒有謀殺的謀殺案

修訂版

麥曉帆 著

山邊出版社有限公司

偵探檔案

歐陽小倩

年齡：十七歲

性格：內向低調、寬容大度

愛好：閱讀所有名家偵探故事

　　一個不擅言談，相貌平平的中四女生，實則是大名鼎鼎的校園女偵探。擁有極佳的思考判斷能力，推理細緻嚴密，屢破奇案；常常在真相未明之前，可依靠自身敏感而精準的直覺力，獲得破案線索，在靈光一閃間領悟案件真相。

趙婉瑩

年齡：十七歲

性格：外向熱情、脾氣火爆

愛好：所有跟潮流有關的資訊搜集

　　倩倩最好的朋友、同學兼鄰居，擁有模特兒般的身高、明星般的甜美外貌，是個鋒芒畢露的漂亮女生。對潮流有非常敏銳的觸覺，隨時保證自己站在時尚的最前沿，不過，學習成績相當令人絕望。

趙均均

年齡：十五歲半

性格：熱情大膽、行事誇張

愛好：惡作劇、餵養寵物豬

　　趙婉瑩的弟弟，天資聰穎，成績優異，連跳兩級，現與姐姐、倩倩就讀同一班。喜歡誇大其詞，製造各種駭人聽聞的搗蛋事件，是一個讓人頭痛的問題小子。從小喜歡看偵探小說，幻想自己是一個大偵探，自封倩倩的得力助手。

目錄

太陽怒視着大地，彷彿要把它看見的一切融化掉。

太熱了，就連到處亂飛的白鴿都快成燒乳鴿了……此刻，人們都寧願躲在家中閉門不出，就算外出也肯定是鑽到商場、電影院、K房等冷氣大開的涼爽地方去。哪有人會在這種天氣下跑到酷熱的大街上瞎逛呢？

從校舍的校務處往外望去，街上半個行人也沒有。

於是，教務助理梁先生張口打了他今天的第七十三個哈欠。

現在是八月的最後一個星期五，離暑假正式結束還有整整三天；此刻學生們不是在爭取時間享受自由自在的假期，就是在堆積了整整兩個月沒做的暑期作業前絕望地尖叫……除了偶然來找資料或備課的老師，不會有其他人回到學校這裏。所以，梁助理此刻可算是非常清閒，事實上，他已經清閒了差不多兩個月了。

當然，三天後就不是這麼一回事啦。

九月一日當天，學校九百多個學生就會蜂擁而至，作為「萬事包辦」的教務助理，到時他會忙得連上洗手間的

時間都沒有——想到這裏他便打了個寒顫。

誰不愛這個懶洋洋的長假？如果這個夏天能永遠地繼續下去就好了，一直享受着室內宜人的冷氣，看着八卦雜誌或馬經，偶爾舒舒服服地打個盹……想到這裏他往椅背上一靠，閉上眼睛，便打起瞌睡來。

作為今天唯一鎮守學校大門的人，梁助理這樣做似乎有點不負責任，但這又有什麼關係呢？難不成還會有小偷溜進學校裏？

就在這時……

一個黑影出現在校門前。

到處張望一番後，這個黑影鬼鬼祟祟地踮起腳尖，避免發出丁點兒聲音，在呼呼大睡的梁助理面前經過，進入空蕩蕩的走廊，朝通往上層的樓梯走去。

正當黑影快要到達目的地時……「砰！」一聲巨響。原來黑影的腳不小心碰到了走廊邊上的垃圾桶。聲音雖然低沉，卻異常響亮，在走廊裏不斷迴盪着。

只見梁助理就像被蜜蜂蜇到屁股般跳起來。

「是誰？是誰？」他把頭伸出校務處外，望向走廊的方向。

黑影遲疑了半刻，便隨即往梁助理走去。

陽光照在黑影上，原來是一個十七歲左右的女生。她

矮矮的，有一張又大又圓的臉，一頭中短的黑髮；她穿着普通的紅色Ｔ恤和白色中短裙，手上拎着一個花花綠綠的手提袋子。她的樣子看起來並不像個小偷。

梁助理鬆了一口氣，要知道他已是五十五歲高齡了，要是真碰上小偷，要追也追不上、要打也打不過，如果對方比較壯的話，他還會直接投降⋯⋯

「請問有什麼事？」於是他換上一副嚴肅的臉孔，問女孩道。

「很不好意思。」女孩把手舉到額前，苦笑道，「我叫李曉培，是本校的中三級學生──嗯，其實過幾天就是中四級學生了。我昨天要做暑假作業時，才發現把英文作業簿遺留在課室裏了，所以⋯⋯」

「那給我學生證吧，讓我登記姓名。」梁助理用公事公辦的語氣說，「剛才你通知我一聲不就好了嘛，偷偷摸摸的，把我嚇了一大跳。」

「我看見你在打瞌睡，所以不敢打擾你啊。」李曉培說着把學生證交了出去。

梁助理聽了這話，臉立即就尷尬得紅了。

「哎呀，我哪是在睡覺，我是在閉目養神。」嘴裏這樣呢喃着，卻在暗暗慶幸看見他開小差的只是學生，而不是校長之類的大人物。

「好啦，你可以走了。」他匆匆把姓名抄了一遍，便把學生證遞了回去，打發她離開。

　　李曉培笑着接過證件，迅速穿過走廊，很快便消失在轉角處。

　　梁助理歎着氣坐回椅子裏，用雙手輕輕拍着臉，好讓自己清醒一點。別打瞌睡，別打瞌睡。他不斷對自己叮唸道。

　　但僅僅半分鐘，他頭一仰，便又睡着了⋯⋯

　　與此同時，李曉培已經到達位於三樓的舊課室。

　　她花不了多少時間就在自己的舊課桌裏找到了英文習作。老實説，李曉培倒是寧願自己什麼都找不着，她希望作業簿要不被清潔大嬸丟掉了，要不被書蟲子吃光，要不被外星人偷走了，都沒關係。因為一旦她找到這本厚厚的習作，剩下來幾天都別奢望有空餘時間玩耍了。

　　但習作還是完好無缺地躺在抽屜裏，於是李曉培只好滿臉失望地接受現實。唉，誰叫自己把暑假作業都留到最後才做呢？想着，她把習作放到手提袋子裏，步出自己的舊課室，沿着樓梯往下走。

　　不過，她突然停了下來。

　　既然都來了，為什麼不參觀一下自己的新課室呢？這個想法鑽入了她的腦子裏。她即將升讀中四A班了，聽説

年級越高的課室越漂亮，椅子也舒服得多，冷氣是最新型號，還有個超大號的高清電視機……也不知道師兄師姐是不是在胡扯，現在她倒是可以利用這個機會證實一下了。於是，李曉培改變方向往上層走去，到達中四A班的大門前。

「咦？」她有點驚訝地發現，課室大門虛掩着，露出一條狹縫來。

是清潔大嬸忘了把門關好嗎？心裏這樣想着，李曉培緩緩把大門推開。

猝不及防，意外在這刻發生了……

「啊！」

李曉培感到有什麼東西正好砸中她頭頂中央，然後「啪」的一聲掉在地上。

「怎麼回事？」她連忙用雙手捂着頭，同時向砸中她的那塊東西望去……

那竟然是一塊磚頭！

但是李曉培更驚訝的是，她一點兒也不覺得痛！雖說她戴了頂帽子，但被結實的磚頭砸中，沒腦震盪，至少也眼冒金星個半天吧。現在連一點疼痛感都沒有，這實在是太誇張了，她又不是女超人。

李曉培連忙把磚頭撿起來。

不，那可不是什麼磚頭，那只是一塊用厚紙皮貼成的盒子而已。她用手掂了掂重量，才不過幾百克重，毫無殺傷力，一塊豆腐的威力也比這東西大。

「到底是從什麼地方掉下來的？」李曉培環顧四周，可是一個人影兒也沒有。

她抬起頭，用目光搜索着，很快就確定這塊「磚頭」最初被人放置在半掩的大門頂端，就像個簡陋的陷阱——當半掩的門被推開時，「磚頭」就會掉下來，砸向不知就裏的受害者。

一個孩子氣十足的惡作劇。

李曉想着，把手中的「磚頭」翻了過來，這才發現在這東西的背面還用膠紙貼着一張紙條，上面用黑色原子筆歪歪斜斜地寫着一段話：

「幸好這不是真的磚頭。恭喜你成為這宗謀殺案的受害者。兇手字。」

這不過是一句很可笑幼稚的話，卻不知道為什麼會讓李曉培感到後怕。的確，如果那塊東西不是毫無威脅的紙盒子，而是真正的磚頭，說不定就真的成為一宗謀殺案了……

她真的很想知道這是誰幹的……是升上中五的師長們？還是低年級的新生？這個答案恐怕永遠都會是個謎，以樓下那個學校助理的大意程度來看，「兇手」只要小心一點，就能來回進出，如入無人之境。

安放陷阱的可能是任何人。

難道就只能讓這宗「謀殺案」的「兇手」從此「逍遙法外」嗎？

想到這兒，李曉培不禁莞爾。

這不過是一齣上不了台面的惡作劇而已啊，又不是真正的「謀殺案」，根本不會造成任何傷害。她想，要把什麼「兇手」揪出來實在有點兒小題大作……

但是她錯了……

第一章　三人組駕到

　　九月一號，開學日。

　　一輛巴士正行駛在高速公路上，跑得飛快。

　　「本校矗立於繁華的市中心，前望宏偉的鐵路高架橋，後擁125度遼闊翠綠山景，正處於大自然與現代文明的交匯處，優越的地利位置非一般中學可比。附近交通設施完善，便利非常，並毗鄰本區數一數二的大型商場，超過三百間店舖和食肆任君選擇。本校同時擁有豪華的配套設施……」

　　婉瑩盯着手中的宣傳單張，還想讀下去，就被一把聲音打斷了。

　　「好啦，不要讀了，聽起來就像樓盤廣告。」歐陽小倩托着腮幫子，盯着巴士窗外不斷後退的街景，評論道。

　　如果只保留第一眼印象的話，你可能會認為歐陽小倩只是個普普通通的女孩。瓜子臉孔、不胖不瘦的身材、不高不矮的身高、不大不小的眼睛、不卑不亢的脾氣，除了那頭天生棕色的頭髮說明她有幾分異國血統外，沒有任何

證據顯示她和全香港數以萬計的十七歲女生有什麼實質分別。

但事實上，她與別不同。

她是一個名偵探。

當然，她過去的故事在這裏就不贅述了，因為把她以前的案件都談一遍的話，字數足夠湊成五本書了。大家就饒了我吧。

但就是這麼一個屢破奇案的歐陽小倩，現在卻對自己生活的巨大變化感到束手無策：她轉校了，但她覺得自己無法適應新的學校生活。

和感情深厚的老師同學們告別，離開那個待了整整兩年的可愛地方，然後一頭栽進另一個陌生的環境，面對完全不可知的命運……這就是倩倩現在所面對的情況。要不是為了和自己最好的朋友一起讀書，她寧願大冬天在維港兩岸來回游六七圈，也不肯到新學校做插班生。

「別這樣啦，歡送會都是兩個月之前的事了，到了現在還放不下？」婉瑩歪着頭說，「高興起來！新學校隔壁的大型商場什麼名牌都有。午飯時間不愁沒地方逛了，啊，真不愧是名校啊！」

婉瑩對名校的標準似乎有自己獨特的見解，倩倩聽後不禁歎了一口氣。

　　倩倩隔壁那個顯得很興奮的女生，名叫趙婉瑩，是她的老同學和鄰居。如果說倩倩比較收斂的話，那麼婉瑩就肯定是鋒芒畢露、不成眾人焦點誓不休的那種類型了。模特兒般的身高、明星般的甜美樣貌，還有一頭閃亮的金髮（染的），婉瑩走在街上回頭率絕對是百分之百；而且在時尚潮流方面，她也擁有非常敏銳的觸覺，和倩倩這個平時只懂穿 T 恤牛仔褲的女孩比較起來，婉瑩可以說總是站在時代的最前沿。

　　雖然兩人的性格極端不同，但婉瑩仍然是倩倩最好的朋友。事實上，倩倩之所以會轉校，也是因為她的原因。幾個月前，婉瑩的父母決定讓婉瑩轉校，美其言曰「換個更好的學習環境」，事實上大家都心裏有數，這是因為以婉瑩那讓人絕望的成績，她實在是無法在原校呆下去了。

　　為了能和好朋友一起讀書，倩倩也只好忍痛告別自己熟悉的同學和老師，跟隨婉瑩一起轉校。

　　當然，和她們一起來的，還有婉瑩的弟弟均均。對，那個均均。

　　「呃，各位，」坐在兩人後排的均均神情凝重，把頭湊到前面兩個女生之間，「我要宣布一個非常不幸的消息——你們交給我保管的作為早餐的三個菠蘿包，突然被不

知從哪裏來的大批老鼠搶走了！全不見了！」

兩個女生回頭白了他一眼。

「好吧，其實是我肚子太餓所以全吃掉了。」均均立即把頭往後縮去。

均均僅比她的姐姐婉瑩小一歲半，但心理年齡估計還停留在孩提時代。「淘氣」是可以用在他身上最接近誇獎的形容詞了，糟糕一點的有「沒大沒小」、「不分場合」、「無法無天」，諸如此類；有趣的是，他的成績可比婉瑩要棒多了，在某些方面可以被稱作天才，甚至厲害到連跳兩級，在新學期裏和他姐姐就讀同一個班，可謂聰明絕頂。問題是，這傢伙經常依靠自己的聰明才智來搗亂，在一個月前他才闖下彌天大禍——詳細情形就不談了，只可以說其中涉及到一架遙控直升飛機、兩個彈射器和二十六個網球。

他是一個優點和缺點同樣明顯的男孩……事實上，均均之所以會跟隨「大隊」轉校至此，也是因為整個宇宙只有倩倩和婉瑩能管好這個淘氣鬼。

「你！」婉瑩半轉過身去，指着弟弟，「聽好！爸媽叫我看好你，讓你不至於在開學第一天就被校長趕出校。你知道，我一點兒也不喜歡這份工作，所以別讓我有藉口用拳頭修理你！」

「哈，我一點兒也不怕。」均均囂張地大笑道。

「你再表現出這種態度，我就接下來整整一個星期都親自下廚煮晚飯！」婉瑩使出自己的殺手鐧。

「對不起！姐姐，我以後不敢了。」均均慌張地用手拉着耳朵。

「你姐的廚藝還是那麼糟嗎？」倩倩不禁問他。

「不。更糟了，已經達到生化武器的級別。你看！」只見均均從書包裏拿出一瓶綠色的不知名飲料，「我姐姐堅持要我今早把這個喝光。」

「呃，那是什麼東東，怎麼是綠色的？」倩倩一臉厭惡地說。

「那是我親自製作的『牛奶生菠菜汁』，喝後身體會強壯百倍！」婉瑩則道。

「喝後會拉肚子拉得無比虛弱才對吧。」均均一副要作嘔的表情。

「你無論如何都得喝個清光。好吧！不要再提了。看！」婉瑩指着窗外，「我們的新學校。」

馬路盡頭，一棟六層高的白色建築物出現在三人眼前，這就是新學校的校舍。它的設計簡單而傳統、四平八穩，校舍低調地坐落在馬路旁，旁邊則是籃球場兼田徑運動場。學校前面就是車來人往的公路，後面則是一大

片深綠色的山林，整棟校舍就儼如人類文明和大自然的分隔線。

一個恬靜的地方，儘管不太引人注目。

「秋之楓中學。」倩倩情不自禁地讀着校舍上的金色浮雕字。

從這一刻開始，倩倩、婉瑩和均均迎來了他們新的校園生活。

「下車啦！」巴士還沒停下，均均便已經一溜煙跑到下層去，把兩個女生丟在身後，一副看起來非常興奮的樣子。

「他怎麼了？」倩倩奇怪地問婉瑩道。

「他已經期待開學好久啦，前幾天他高興得連睡都睡不着。」

「我不知道他這麼喜歡讀書……」

婉瑩無奈地打斷了倩倩的話：「什麼喜歡讀書，還不是因為他終於找到新的搗蛋場所了？你知道他在舊校製造了大量的麻煩，對吧？包括用學校影印機來影印漫畫、在圖書館藏書上亂塗亂寫、在廁所坐墊上塗膠水、在整班同學的抽屜裏放橡膠蛇、周會時用釣魚竿把校長的假髮釣走……所以班主任罰他留了一個學期的堂，而且嚴加監管，甚至小息的時候沒有老師批准便不能離開課室。這下

16

轉校之後，他終於自由了。」

「自由啊！可愛的自由！」巴士下層傳來均均的歡呼聲。

「這下，你知道我為什麼得好好看住他了吧。」婉瑩邊說邊順着樓梯走到巴士下層，「媽媽說了，在家裏是她作主，上學的時候就輪到我作主了……嘿，均均，我想這是你的飲料。」

只見婉瑩把均均「大意地」遺留在座位上的菠菜汁飲料遞回給他。

均均站在後車門前，不敢去接。

「你拿自己的親弟弟來做生化實驗試驗品，實在太沒人性了！」他連忙抗議。

婉瑩伸手就把飲料的蓋子打開，說：「喝了它！你每天淨是吃肉，一點青菜也不吃，太不健康了。現在給我乖乖把這瓶生菠菜汁喝光！」

正當婉瑩訓話之際，公路上的紅燈突然亮了。

司機一踩剎車，巴士便吱吱喳喳地尖叫着停下。但是一手拿着飲料一手指着均均鼻子的婉瑩卻敵不過強大的慣性，「啊」的一聲失去平衡，整個人向前衝去，好不容易閃過幾個慌忙躲避的乘客，卻和一個女生重重地撞在一起……

「哇，那肯定很痛。」緊握扶手的均均閉着眼睛説。

婉瑩掙扎着站穩，剛想向被自己撞中的人道歉，沒想到一隻充滿力量的左手突然揪着她的衣領，幾乎要把她整個人提起來。

「不知好歹的傢伙，看你對我的校服幹了什麼！」同時一把聲音吼道。

倩倩和均均看見情況不太對，連忙跑到糾纏着的兩人身邊。

只見正在為難婉瑩的是一個高個子的秋之楓中學女生，頭髮剪得很短，臉圓圓的，兩條眉毛皺得幾乎要碰在一起。要知道，180cm高的婉瑩已經算是「高人一等」的了，沒想到她的對手竟然比她高了半個頭；這個女孩雖然看起來並不算很壯，力氣卻大得驚人，婉瑩連拉帶扯，一時間竟無法從她手中掙脱。

「嘿！放開我，我道歉就是了。」婉瑩皺着眉説。

「要我放過你？可以！先賠我新校服！」高大女孩一臉兇相，用右手指了指自己肩膀上的一塊硬幣大小的污漬。仔細一看，沾在衣服上的正是瓶子裏的「菠菜汁混合物」，估計是婉瑩撞上女孩時不小心潑上去的。

「哇，等等，」婉瑩不甘示弱地反擊，「這種程度的污漬拿水洗洗就沒了，憑什麼要我賠你整套校服？你這和

搶劫有啥分別？」

「弄髒我的衣服還這種態度？看來我非教訓你不可！」

「你打我試試！信不信我報警……」

趙婉瑩本來脾氣就好不到哪裏去，這下遇到脾氣同樣火爆的人，情況就自然而然地變得一發不可收拾了。兩個女生之間的罵戰一直持續着，直至兩人都下了車，站在人行道上的時候，仍然未分出勝負，誰也不讓誰。而在旁邊觀戰的倩倩和均均就連半句話也插不進來。

「你白癡！」高大女孩指着婉瑩的鼻子喊。

「你才白癡！」婉瑩則回敬道。

一旁的均均用手肘撞了撞倩倩，說：「實在太精彩了，我從來都沒見過如此行雲流水、揮灑自如、爐火純青、登峯造極的罵戰！」

「你無恥！」只聽見高大女孩說。

「你才無恥！」婉瑩也接着回答。

倩倩歎着氣對均均說：「對，真的非常專業。」

「好啦，她們這樣罵下去也不是辦法，」均均整理了一下衣襟，「得有一位男士出馬，勇敢地結束這場爭執。就讓我來吧！」

於是，這小子便昂首挺胸地走到交戰雙方面前，擺起

「和事佬」的架勢，招手道：「咳嗯，你們兩個一人讓一步……」

「閉嘴！」女孩和婉瑩同時向他怒吼。

均均嚇得膽子馬上破了，只好嘟着嘴、眼含淚花回到倩倩身旁。

「你真是膽小鬼。」倩倩盯着打了敗仗般的均均説。

沒想到，這個時候，真正的「和事佬」出場了。

「溫學晴，你又在到處惹麻煩了？」一把聲音傳來。

四人不約而同地轉過頭去，只見一個穿着秋之楓中學校服、背着背囊的男孩正站在人行道上；他的頭髮剪得短短的，眼睛不大卻異常凌厲，舉手投足間充滿了威嚴。他一出現，名叫溫學晴的高大女孩便立即顯得不知所措起來。

「我……我沒有！」溫學晴有點心虛地説。

那個男孩皺了皺眉，然後望向婉瑩、倩倩和均均：「你們誰能跟我説説，到底發生了什麼事嗎？」

　　「我我我！」看見來了個能管事的，均均連忙彈跳着舉手自薦。

　　然後，均均便開始了一段天花亂墜、亂七八糟的描述……

　　「……然後我姐姐『啊』的一聲像炮彈般向前飛去，接着『砰』的一聲撞上了這位同學，料不到那瓶飲料『嘩』的一聲潑了出去，最後『轟』的一聲灑在這位同學的校服上。説時遲，那時快！這位同學好厲害，『吼』的一聲運起了氣來，『嗖』的一聲伸出手，然後『啪』地抓住我姐姐的衣領……」

「好了好了，太多象聲詞啦。」倩倩看見均均描形繪聲的像在做廣播劇，連忙制止道，「我想這位同學已經知道大概情況了。」

男孩聽後望了溫學晴半晌，才說：「我想，這只是一場誤會而已，只要這位同學真誠地向你道歉，那就扯平了。」

「不！這可是我新買的校服，而她竟然把這黑黑的液體潑到上面去，」溫學晴忿忿不平地說，「就算這個金毛小丫頭不肯賠償，至少也得給我洗衣費吧！」

「夠了，」男孩冷靜地說，「忘了你已經被記了多少次小過嗎？如果你再惹麻煩，到時候被踢出校的話可不要怪我。」

溫學晴怒氣沖沖地望着他，似乎想反駁，但最後她還是「哼」了一聲，便調頭往學校大門的方向走去。

「你們給我小心點。」她頭也不回地喊道。

而婉瑩則飛快地向她吐了吐舌頭。

事情圓滿解決。

「謝謝你的幫忙。」倩倩對男孩說，「我們都是中四B班新生，如果沒有你，我們真不知道該怎麼辦。」

「太巧了，」對方木無表情地回答，「我和你們在同一個級，但我讀的是A班，請問你們的名字是⋯⋯」

「噢，這位是趙婉瑩，這位是趙均均，我的名字叫歐陽小倩。」説着，倩倩向他伸出了手來，「很高興認識你。」

「歐陽小倩？」聽見倩倩的名字後，男孩瞪大了眼，毫無表情的臉上難得地露出了驚訝的樣子。但眨眼間，他的表情就恢復正常。

「我叫程傑。」他並沒有去握倩倩伸出來的手，看了她一眼後，便轉過身去，「上課鈴快響了，你們也別在這裏浪費時間了，再見。」

説着，他頭也不回地往校門走去。

婉瑩一臉疑惑地説：「好冷淡的一個人。嘿，倩倩，剛才看他的表情，他似乎知道你的名字哦。」

「哈！」一旁的均均叫道，「倩倩姐姐，你可是大名鼎鼎、德高望重的名偵探啊！大家當然都認識你……」

「別管這個了，我們快走吧，你不會是想新學期第一天就遲到吧？」倩倩拉着兩人往前走，心裏卻在不斷想着程傑剛才那帶點敵意的眼神。

第二章　秋之楓名偵探

「各位中四B班的同學，請再次熱烈歡迎我們的新插班生！」美寶老師微笑着，帶頭拍起了手來。

於是班裏的同學也跟着開始鼓掌。

美寶老師是中四B班的班主任。可以這樣說，她是一個只消五分鐘，就可以讓任何學生打從心底裏喜歡的老師。三十三歲的她作為一名老師似乎年輕了點，她矮矮胖胖的，戴着一副挺新潮的粗框眼鏡。可能是曾經做過幼稚園教師的緣故吧，她和自己的學生說起話來永遠像在哄小孩子，而且永遠都面帶微笑，雖說有點威嚴不足，卻讓人愉快。

此刻，在美寶老師身邊的倩倩、婉瑩和均均則點頭接受了眾人的掌聲；在這之前，三人在班主任的邀請下，向同學們簡單地自我介紹了一番。

每個新生都要站在課室講台上作自我介紹，這已經成為秋之楓中學的傳統。儘管這個傳統通常會讓新生感到神經緊張，但它自有它的存在價值——如果把自我介紹後同學們的掌聲由「零零落落」到「如雷貫耳」分成十個階

段的話，你就可以粗略推算出新同學在班中的受歡迎程度了。

　　對於倩倩、婉瑩和均均三人來說，排名如下：婉瑩的受歡迎程度居首，她那美若天仙的外貌功不可沒；而均均的受歡迎程度次之，主要是受益於他的三寸不爛之舌；而倩倩的受歡迎程度則包尾，主要是因為她臨陣膽怯，又口吃，兼且在整個自我介紹過程中低着頭，長髮整個蓋着她的臉，讓她看起來像隻女鬼。

　　本來倩倩並不是個容易害羞的人，但不知怎麼搞的，面對着台下黑壓壓的一羣人，就立即緊張起來。説不定這是她擔心自己不能適應新學校的一種表現吧。

　　「好啦，大家都對我們的新同學有初步的了解啦，」美寶老師高興地説，「大家要好好相處哦，現在，該替你們三位找個座位了，讓我看看……趙均均同學，你就和班長徐嘉明一起坐吧。」

　　中四B班的班長徐嘉明又高又瘦，一頭鬈曲的短髮剪得四平八穩，有一雙大大的門牙，配上厚達2cm的近視眼鏡，怎麼看都給人書獃子的感覺。婉瑩幾乎立即就肯定他是那種循規蹈矩、將學生手冊當成法律的優良學生，不禁同情起這位班長來，因為均均那無比頑皮的行為估計會輕鬆地在半天內把他逼瘋……

「嗯，至於趙婉瑩同學呢，你就和楊麗琪一起坐吧。」美寶老師説。

聽見這話，班裏的同學們立即集體倒吸一口涼氣。

「楊麗琪？」婉瑩一愣，「不會就是那個歌手楊麗琪吧？」

的確，坐在課室角落的正是楊麗琪本人。兩年前，她在香港新星歌唱大賽裏取得冠軍，隨即就有大量唱片公司爭相和她簽約，年紀輕輕就進入樂壇成為新進歌手。她第一張專輯的主打歌《愛情特攻隊》可謂「勁播全城」，連續數星期在音樂下載排行榜中居高不下，同時她也因此紅透半邊天，無人不曉。

不過，楊麗琪聞名於世的除了她的歌之外，還有她的「大架子」。和她同班的學生都知道，她冷若冰霜，對任何人都不理不睬；別説當朋友了，就連跟她説句話也是天大的難事。因此，大家都不敢跟她坐在一起。

現在美寶老師讓婉瑩坐在她旁邊，天知道會發生什麼事呢。

「好啦！最後，歐陽小倩同學……」美寶老師來回掃視了課室兩遍，「你就坐到溫學晴隔壁去吧。」

倩倩這下可傻眼了。

她的新鄰座，正是今早和婉瑩起衝突的女惡霸——溫

學晴。

「你一定是在跟我開玩笑吧⋯⋯」倩倩低聲呢喃道。

「好啦，小倩同學，到你的位置去吧，我要開始上課了哦。」美寶老師説。

於是，倩倩只好不情不願地朝那個萬劫不復的新座位走去。

「呃⋯⋯你好。」倩倩試圖向她的新鄰座示好。

而溫學晴則咬牙切齒地低吼了一聲，作為回答。

「嗯，我也很高興認識你。」説完倩倩無奈地躲到自己的座位裏。

這可真冤家路窄。雖説今早和溫學晴開罵的是婉瑩而不是倩倩，但她作為婉瑩的朋友，自然也受到了敵視。只見溫學晴怒目圓睜地瞪着她看，似乎要把她活生生吞到肚子裏，倩倩只好輕輕把背囊放到兩人之間，阻擋對方不太友好的視線。

運氣好差啊，她心想。

開學第一天的第一堂課，通常都會演變成老師長篇大論式的閒聊，而這次也沒有例外。

美寶老師那關於同學間的互助互愛，和她本人教學遠大理想的演講辭還沒發表完畢，下課鈴便響了，中四B班的同學們迎來了這個學期的第一個小息。

温學晴那嚇人的眼神讓倩倩如坐針氈，小息一到，倩倩就立即像躲開瘟疫般離開自己的座位，打算找婉瑩去。

　　但是她卻發現自己沒法走近婉瑩半步，因為一大羣人正堵住她的去路。這羣學生男女各半，正把婉瑩圍在中間，仔細地傾聽她的演說。

　　「……這個錢包嘛，是我一個月前趁名牌時裝店Giorgio Armadillo換季大減價時，提早十二小時通宵在商店門口露營，才好不容易用七五折買回來的。要知道這可是斷市貨，排在我後面的那個OL也想要這一件，於是我們兩個人就在大庭廣眾下搶奪同一個錢包，那叫一個驚險啊！幸好我腕力比她要好，我可是專門為了當天練了幾個星期的拔河啊。結果自然是我贏了……」

　　「哇，真是太令人佩服了。」圍在附近的女同學們齊聲讚歎。

　　「厲害，厲害……」而男同學們則不約而同地喊道。

　　雖說婉瑩的成績差，但如果學校裏有一堂課叫做「時尚潮流課」的話，那麼婉瑩肯定會得滿分。

　　「還有看看這個，」婉瑩繼續說，「這可是化妝品品牌L'OL的VIP卡。這種白金會員卡全世界只有500張，有錢也申請不了，只有被這個品牌所承認的上流人士才能擁有。呃，當然我不可能是上流人士的啦，這可是半年

前 L'OL 的CEO來港訪問時，我坐在他的豪華房車前面賴死不走，他為了趕飛機才萬般無奈送給我的⋯⋯持卡者在 L'OL 可是享有七折優待和貴賓式的服務呢！」

「哇，真是太令人佩服了。」她附近的女同學們再次齊聲讚歎。

「厲害，厲害⋯⋯」男同學們仍是不約而同地喊道。

這情景看得倩倩目瞪口呆。

才半天不到，婉瑩就已經成為班中的超新星，而坐在她隔壁的楊麗琪倒是被人完全無視了。在學校之外，楊麗琪走到哪裏都是眾人的焦點，沒想到在學校裏竟然有人比她更受歡迎，讓她頓感受到了冷落。

「吵死了！」只見楊麗琪霍地站起，拋出這麼一句話後，拂袖而去。

但是並沒有人理會她。

只見在課室的另一邊，均均的受歡迎程度也不遑多讓，一大羣人正把這小子圍了個嚴嚴實實。

倩倩湊過去一聽，原來他正在講故事。

「⋯⋯那時候真的好可怕啊！根據那張字條的信息，飛機上竟然被人裝了個炸彈！危急關頭我可不能坐視不理，我不能眼睜睜看着大家的安全受到威脅！於是，我就和剛好在飛機上的一個法國警察共同在飛機上做地毯式的

搜查。在找炸彈的同時，我也必須爭分奪秒把放炸彈的兇徒揪出來。」只見均均語不驚人死不休地喊道。

「嘩！你實在太英勇了！」女同學們驚呼。

「真不愧是名偵探！」男同學則自愧不如。

倩倩一拍額頭。

均均所述的這個驚險萬分的故事的確發生過，而當時均均這傢伙也的確在那架飛機上。問題是，到處調查而且「把放炸彈的兇徒揪出來」的人並不是他，而是倩倩，這小子完全把倩倩所破的案件當成是自己的了。

「……還有還有，記得那次在一艘巨大的豪華郵輪上，一個少女神秘地失去蹤影，工作人員遍尋不獲，到底她是不小心墜海了呢？還是被人劫持了？我到底能不能把她找回來呢？欲知後事如何，請聽我慢慢道來。」

雖說均均嚴重侵犯了自己的「版權」，但倩倩卻下不了決心玩「踢爆」，於是也只好接受現實，無奈地走回自己的座位去。

可是剛進入自己的座位範圍，隔壁的溫學晴那雙眼便「刷」地瞪向了她，把她嚇得急忙往回跑。

唉，她可是哪兒都去不了啊。

對於倩倩來說，這並不是一個很理想的開學日。

一堂課接著一堂課，好不容易等到了午飯時間的鐘

聲。

但當她跑去找婉瑩和均均的時候，卻發現他們完全失去了蹤影。明明約了一起吃午飯的啊，倩倩心想不會是把她忘掉了吧……果然，她的手機隨即震動起來，收到了兩個短訊。

短訊A：「無數英俊男生約我吃飯，正在選擇中，你和均均吃吧，sorry！」

短訊B：「同學堅持要聽完我的『威水史』，不和你們吃飯了，待會見。」

啊！這兩個見異思遷的傢伙。倩倩氣得幾乎要把手機吞掉。

環顧四周，同學們都三五成羣、有説有笑地結伴吃飯去了，整個課室空蕩蕩的，只有她是獨自一人無所適從的樣子。

於是，倩倩只好獨個兒離開學校，往食肆集中的商場走去。

這天真是糟糕透頂了。

表面上看，倩倩是一個破案無數的名偵探，但如果要她在驚心動魄的案件，或者多姿多彩的校園生活中任揀其一，相信她肯定會選擇後者。虛構的推理小説似乎傾向於把偵探主角的生活描繪得緊張刺激，案件一件接着一件，

讓人毫無喘息的餘地；但至少在倩倩的生活中，探案僅佔了她生活中的一小部分，大部分時間她仍然像個普通人般上學、吃飯、睡覺、放假、玩耍……卸下「名偵探」的光環後，她不過是個需要朋友和同學關心的女學生。

倩倩滿足於以前舊學校的生活，在那裏她有很多愉快的回憶，還有很多知己。雖然當時她已經是個大名鼎鼎、無人不曉的「名偵探」，但大家之所以和她成為朋友，跟她的名聲一點兒關係也沒有，而是因為倩倩善良、成熟、不拘小節的個性。但當年她剛剛升上中學時，一切也並不順利——事實上，倩倩本來就是個比較靦腆的人，最初她就因為不太活潑的性格，而被大部分的同學「敬」而遠之，直至一段時間後讓大家理解、接受，她才終於融入了班級之中。

也是因為這個原因，倩倩才這麼害怕轉學。她本人並不像婉瑩那麼光彩奪目、美麗動人，也不像均均那樣能滔滔不絕、口若懸河，她在外表和說話上缺乏吸引別人注目的氣質，因此每到一個新的地方，她就必須得主動出擊去博得別人的信任，但這偏偏是她最不擅長的事情。

來到秋之楓中學，倩倩剛開始就受到了冷落，似乎一切又要再次重演。

轉校來秋之楓中學真的是一個聰明的選擇嗎？倩倩自

問。

　　秋之楓中學附近的食肆的確不少，但來光顧的人更多，區內幾間中小學都集中在這附近，所以午飯時間一到，這裏就擠滿了飢腸轆轆的學生。

　　倩倩好不容易在一間「大」字頭快餐店買了個便宜的套餐，卻找不到座位，店裏的每張桌子都坐滿了人，就連桌子旁也都站滿了等位子的顧客；只見倩倩捧着裝食物的托盤，在現場漫無目的地轉了好幾個圈後，仍是沒辦法坐下來。

　　這刻倩倩可狼狽極了。

　　「需要位子嗎？你可以坐在這兒。」只聽見身邊傳來一把女孩子的聲音。

　　倩倩轉過頭去，只見旁邊的四人桌子裏，正坐着一個穿着秋之楓校服的女同學，她有一頭中短的黑髮，一雙小小的丹鳳眼，笑起來臉頰上還有小酒窩。雖然是首次見面，但倩倩不由得對她產生了好感，要知道除了和善的美寶老師外，這是學校裏第一個主動對她表示友好的人。

　　「嗯……謝謝你，」倩倩連忙道謝，但仍然猶疑着沒有坐下，「我真的可以坐嗎？」

　　「當然，這桌子除了我之外，就只有另一個同學，他買東西去了。你只管坐下來吧。」

「那就感激不盡了。」說着，倩倩把托盤放在桌子上，鬆了一口氣。

「不用謝，我們都是秋之楓中學的學生啊。」女孩側着頭笑了笑，「我叫李曉培，讀中四A班。我好像沒有見過你啊，你是插班生嗎？」

「對啊，我讀中四B班，我叫歐陽小倩。」倩倩對她點了點頭。

聽見倩倩名字的那一刻，李曉培怔了半晌，然後喊道：「啊！原來就是你！」

「呃，你認識我？」倩倩問道。

「當然，」李曉培的態度突然改變了，變得嚴肅起來，「你的名字他今早不知道跟我談過多少遍了，我怎可能不認識。」

「誰？哪個他？」這可把倩倩弄糊塗了。

這時倩倩背後傳來另一把沒有感情的聲音。

「真是巧啊。」

倩倩回過頭去，只見程傑捧着托盤，正向兩個女孩的桌子走來。

「看來你們兩個都已經互相認識，那我就不用介紹啦。」程傑把食物擺到桌子上，然後坐到李曉培對面。當程傑望向倩倩時，她再次從這個男孩的眼裏看見了敵意，

但隨即他就對倩倩露出一個淡淡的微笑。

「命運真的很喜歡將我們湊在一起，對不對？」程傑一邊攪拌着自己的檸檬茶，一邊對倩倩說，「今天早上是這樣，現在也是這樣。這就叫做物以類聚啊。」

「物以類聚？」倩倩完全不知道程傑在說什麼。

「來，你看看對面那個人。」程傑笑着換了個話題，指了指隔壁桌子上一個正在吃飯的中學生。倩倩看過去，只見那個男生穿着區內另一間學校的校服，似乎並不是秋之楓中學的學生。

倩倩把視線移回來，奇怪地問道：「看見了，那又怎麼樣？」

「我並不認識這個人，但我能僅僅通過觀察，告訴你一些和這個男孩有關的事情。」程傑頓了一頓，然後說，「我知道他的專長是彈吉他，而且有一個很胖的哥哥，家裏養了一隻很大的狗，而且父母其中一個是政府公務員。這都是靠推理得出來的結論，你覺得我的推理正確嗎？」

倩倩吃驚地往那個陌生男孩看去，的確，程傑說得很對。

這個男孩的左手指尖起繭，明顯是長期彈吉他的人才有的特徵；他身上的校服也過於肥大，而且很殘舊，明顯是他比較胖的哥哥留下來的舊校服；而他右手手腕處那條

勒痕，説明了他經常用狗鏈拖狗出外散步，而且從勒痕的深度來看那肯定不是小狗；最後他胸前口袋上別了一支刻有箭咀和「HK」字樣的政府專用原子筆，明顯是身為公務員的父親或母親帶回家的剩餘物資。

好強的觀察力！而且僅憑幾個小細節，就可以推理出這麼多的事情，難道這個程傑……

倩倩驚訝的樣子把程傑逗笑了。

「你知道，這個世界上並不是只有你一個少年偵探啊。」他説。

程傑是個偵探？倩倩心想。怪不得早上那個溫學晴對他如此懼怕了。

「程傑同學可是秋之楓中學有名的名偵探呢。」這時李曉培插嘴道，「他在秋之楓中學破獲過幾十宗案件！例如『考試答案販賣案』、『電腦室電腦下毒案』、『圖書館紀錄造假案』、『美術學會展覽破壞案』、『情人節情信偷竊案』、『學校傳單偷竊案』、『學校牆壁塗鴉案』，還有……」

「好了，」程傑阻止李曉培道，「我想大名鼎鼎的倩倩同學應該對這些小案件沒有興趣吧，和她比起來，我只是個小人物而已。」

「當然不會，」倩倩連忙説，「同是偵探又有什麼大

小之分呢？能認識你我真的很榮幸……」

　　説着倩倩向程傑伸出了手來，但程傑卻沒有和她握手。

　　「探案講求的是嚴密的推理，」他兀自説道，「我研究過你所破案件的所有新聞報道和文字紀錄，我的結論是，你的推理根本一點兒都不嚴謹。」

　　「不……嚴謹？」沒想到程傑會這樣説，倩倩聽得一臉迷惘。

　　「你能破案，有時是因為毫無來由的靈光一閃，有時則是因為朋友某一句話的啟發，實在是太不嚴謹了；推理講求的是觀察力，以此取得各種蛛絲馬跡，然後抽絲

剝繭，就像把洋蔥一層一層地剝開，才能越來越接近真相。」他繼續搗弄着自己的飲料，「所以你能屢次破案，不過是恰好遇上好運氣而已，除此之外你根本就是個二流偵探。」

「這……」剛才的冷嘲熱諷還受得住，現在程傑竟然繞着圈子說自己是個「二流偵探」，倩倩只感到氣不打一處來。

剛想回敬幾句話，倩倩卻忍住了，的確，自己從來就沒打算成為什麼首屈一指的名偵探，她只是喜歡抱打不平，而且剛好有一點兒推理知識，當然還有一點運氣，才會讓那些案件水落石出。所以，程傑說得對，她就是個二流偵探，二流偵探又怎麼樣了？

「我同意。」倩倩笑着說，「我的確沒什麼了不起的，什麼名偵探都不過是虛名而已，所以希望你多

多指教。」

　　説着，倩倩再次把手伸了出去。

　　程傑的本意只是想讓倩倩不要插手學校裏的案件，沒料到她卻説出這樣自貶身分的話來。他愣了半天，只好伸出右手，和倩倩的手握了一下。

　　「我的意思是，」程傑清了清喉嚨，「學校裏的案件都由我管，你就別來插一腳了，明白嗎？」

　　倩倩猶豫地點了點頭。

　　接着，程傑和李曉培便開始自顧自吃午飯，再也沒有理會她了。

　　雖然同為偵探，但程傑似乎並不歡迎倩倩的到來；於是倩倩只好沒滋沒味地把套餐吃光，早早地離開了餐廳。

第三章　課桌上的「墨漬」

當倩倩回到課室時，卻發現課室裏的氣氛不太對勁。

一堆學生正聚集在課室的一角裏，吱吱喳喳地嚷個不停，而比大家的議論聲更響亮的，是婉瑩那高出八度的尖叫聲。

「我的課桌！天啊！這到底是誰幹的？」

倩倩連忙穿過人，擠到婉瑩的課桌前，看到眼前的一切不禁吃了一驚。

只見婉瑩那本來潔淨光滑的仿木紋課桌，此刻已被淋上了深綠色的染料。污漬呈放射狀，從桌面中心向外擴散，沾染了整個桌面的三分之一，現在已經差不多完全乾透了，看上去就像一隻超大號的變形蟲。

婉瑩露出一副咬牙切齒、怒火中燒的表情，她倒不是在可惜那張桌子（反正又不是她的），而是在惱怒竟然有人敢戲弄她這位大小姐。

「怎麼回事？」倩倩問道。

「有個可惡的傢伙在我的桌子上灑了墨水！」婉瑩答。

「呃……我知道，我是問這件事是怎麼發生的。」

「我什麼也沒有看見，剛吃飯回來就看見這情況了，幸好我沒有把東西放在桌子上。」婉瑩回答，然後轉頭望向在場的人，「你們有誰看見是誰幹的好事？」

大家紛紛搖起頭來。

要知道學校規定不准帶飯盒，而最近的食肆也在數百米外，所以當秋之楓中學的午飯時間一到，就不會有人待在課室裏；大家都喜歡成羣結隊吃飯，然後成羣結隊地在商場逛幾圈才回來，所以戲弄婉瑩的「犯人」可以慢悠悠地「犯案」，根本不用擔心被人看見。

不知道從哪裏鑽出來的均均發話了：「我説，肯定是姐姐你向大耳窿借錢不還，看，現在被人潑油漆了。」

「笨蛋，我哪會向大耳窿借錢，」婉瑩對他喊道，「倒是一個月前向你借了十二個半銀錢……不會是你潑的吧。」

「當然不，我怎可能是大耳窿。」均均連忙否認，「但是我記着你連本帶利欠我二百元半。」

一旁的倩倩，此刻正俯身研究着那塊已經乾透的污漬。污漬呈深綠色，似乎是綠墨水，從桌子的左下角往右上角潑去，在污漬向外擴散的中心點有半個橢圓形的痕跡，看來當污漬灑在桌子上時，本來有什麼東西正放

在上面⋯⋯

　　倩倩查看桌子的邊沿位置，只見其中一條放射狀的水痕流到了邊沿之外。於是她跪了下來，仔細檢查地面，卻不見任何滴在地上的污漬。

　　奇怪，倩倩心想。

　　這時越來越多的同學回到課室，也越來越多的人聚集在婉瑩的課桌附近，中四B班班長只得跑出來維持秩序了。

　　「快要上課了，各位同學請回到自己的座位去。」班長徐嘉明擠到人羣中央，邊說邊揮動着手臂，「這裏沒有什麼好看的。」

「對啊，對啊，」沒想到淘氣的均均也跟着起哄，「這裏可是兇案現場，沒有什麼好看的！那個傢伙，別拍照，清場清場！」

均均不説還好，他那大嗓子一喊，大家都好奇地往這邊趕來看熱鬧，甚至連隔壁班的同學都被吸引過來。

「哎，你別在這兒搗亂。」徐嘉明急了，「你看，人越來越多了！」

「沒關係！我來擺平。」均均拿出一大卷膠紙，「大家讓開！我要替兇案現場劃出一條分界線了！」

説着，他把膠紙拉得長長的，到處亂貼，試圖像警方封鎖現場一樣拉起「警戒線」來。徐嘉明一看這還得了，連忙追着他跑，但均均比他跑得快多了⋯⋯現場一片混亂。

追了半天追不着，徐嘉明只好大喊：「來人啊！清潔委員，把那張桌子上的污漬擦掉！」

倩倩聽見這話，正要發言，另一把聲音卻先聲奪人了。

「不能擦！」

聽見這洪亮的聲音，圍觀的同學連忙讓出一個缺口來，「秋之楓名偵探」程傑隨即通過缺口走到班長面前，身後還跟着李曉培。

「這可是重要的證據，不能擦掉。」程傑重複道。

「難道……難道程同學你要找出犯人？」班長滿臉疑惑地問，「但是，呃，那不過是塊污漬而已啊，這有可能辦得到嗎？」

「當然，凡事皆會留下蛛絲馬跡。」程傑笑着說，「偵探能從各種平凡的事情中找到真相。例如說，徐同學，你中午肯定是吃了牛肉飯。」

「啊？你怎麼知道。」班長怔住了，「難道你看見我了？」

「沒有，但很簡單，你習慣把吃飯時找贖的錢放在襯衫口袋裏，而這個口袋很薄，我可以看見裏面有兩個一元硬幣和兩個兩毫硬幣，也就是說有兩元四毫，也意味着你用二十元買了個十七元六毫的套餐，而在附近所有食肆中，只有牛肉飯是這個價錢。」

「哇，好神奇。」班長喃喃道，「我服了。」

「現在，就讓我看看現場吧。」說着程傑往前走去，當他來到婉瑩的桌子旁後，用充滿敵意的眼神瞄了倩倩一眼。

接着，他仔細地檢查了灑滿污漬的桌面，看了一遍又一遍，最後他抬起頭來。

「墨水從桌面左下角往右上角潑去，大家知道這意味

着什麼嗎？」他突然問道。

在場的人都搖了搖頭。

「這説明犯案的人是左撇子。」程傑皺着眉頭説，「這班的左撇子可不少，但據我所知，曾經和趙婉瑩發生過摩擦，又是左撇子的人，只有一個。看來你難逃其責了，溫學晴。」

只見大家「刷」地把視線轉向課室後排的那個女孩身上。溫學晴此刻正在用左手不知道在寫着什麼，一聽見程傑的話，馬上就站了起來。

「你這是誣衊！」

「證據確鑿，豈容你抵賴？」李曉培喊。

「就憑什麼左撇子右撇子的推斷？」溫學晴激動地說，「那都是胡扯，有人看見我向她的桌子潑黑墨水嗎？沒有！你根本就沒有真憑實據。」

「今天早上趙婉瑩潑了你一身飲料，然後中午剛過她的桌子就被潑上了墨水，不但手法相同，就連污漬的顏色也一模一樣，這未免太巧了吧？」程傑朝着她走了兩步，「為了報復，你趁大家出外用餐時，偷偷跑到外面買了一瓶墨水，潑在趙婉瑩的桌子上，對不對？但是你卻露出蛛絲馬跡，用自己慣用的左手來潑墨，所以才會形成左下至右上的墨漬！」

「當然不是！你……你胡扯！」溫學晴仍在否認，但卻無法提出反證。

「肯定就是你。」婉瑩氣得湊了過去，「不是你是誰？」

「嗯，無論是環境證供還是動機皆指向同一個人。」班長則點頭道，「溫同學，如果真的是你的話，就認了吧，我會向美寶老師求情的。」

現場的同學們議論紛紛。對啊，溫學晴是班裏出了名的壞脾氣學生，喜歡倚強凌弱欺負別人，如果説有什麼人會因一時之氣向別人的桌子潑墨，恐怕非她莫屬了。

　　儘管程傑並沒有決定性的證據，但對於大家來說，他說的話就是事實；他說犯人是溫學晴，那麼即使溫學晴不承認，同學們暗地裏也會認為是她犯的罪⋯⋯

　　倩倩可並不苟同這個想當然的推斷。

　　有些東西不太對。

　　「等等！大家不要這麼快就蓋棺定案吧。」倩倩舉起手來，把大家的竊竊私語聲都壓了下去，「我認為溫學晴不可能是犯人。」

　　「是嗎？」程傑轉過身來，挑戰似地望着她，「為什麼呢？你倒是説説。」

　　「你們想想，假設溫學晴要報復的話，那她肯定不希望讓人知道自己的行為，那問題就來了。為什麼她要使用如此明顯的手法呢？早上被潑了飲料，下午就馬上用潑墨水來報復？還要特地使用相同顏色的墨水？這不等於掛個牌子寫着『此地無銀三百兩』嗎，實在是太不合邏輯了。哪有這麼笨的犯人呢？」

　　倩倩説畢，班裏的同學們皆點頭同意。

　　「我想犯人就是這麼笨。」程傑耐不住了，反擊道，「如果潑墨的人不是溫學晴，又會是什麼人呢？你能夠推理出來嗎？」

　　「不，我不知道。」倩倩低頭承認。

「總之，」程傑於是不耐煩地半轉過頭，總結道，「既然沒有其他可能性，那麼犯人就只可能是你了，温學晴，你得和我去見見班主任。」

「我都説了，不是我做的……」温學晴堅持道。

就在這個時候，倩倩突然瞥見婉瑩隔壁的楊麗琪，她靠在椅背上，雙手交叉放在胸前，一副置身事外的樣子。但引起倩倩注意的並非楊麗琪本人，而是她課桌下一塊硬幣大小的污漬——和婉瑩桌子上的污漬一模一樣。

倩倩立即就明白了。

「那不是墨水漬。」她脱口而出。

「你説什麼？」程傑疑惑地問。

「我的意思是，我知道事情的真相了。」倩倩笑道。

同學們不約而同地望向她。

「婉瑩桌上的污漬又黏又稠，而且還不容易脱色，我們一直都以為那是綠色的墨水。但這個推斷完全錯了，要知道潑在桌子上的東西那麼多，如果是墨水的話不可能乾得那麼快，至少無法在午飯時間內完全乾透。」

「如果不是墨水，到底是什麼東西呢？」班長問。

「顏色鮮豔、又黏又稠、容易乾透，而且不易脱色，想想什麼美容產品有這些特性？」倩倩看見四周一些女生恍然大悟的樣子，「對了，就是指甲油！綠色的指甲油和

48

綠墨水很相似，但因為要塗在指甲上，所以乾透的時間快得多。大家看看這裏。」

她指了指污漬中半個橢圓形的痕跡，繼續道：「這個痕跡說明了當污漬擴散開來時，有什麼東西正放在上面，我相信那就是裝指甲油的小瓶子。」

「那就是說……」程傑不禁喃喃道。

「那就是說，這片污漬並不是有人故意潑上去的。」倩倩偷偷瞄了一眼楊麗琪，此刻她顯得很不自在，「而是有人在上面塗指甲，一不小心把裝滿指甲油的瓶子撞倒，把污漬潑到了桌子之上，可以說只是宗意外。而看溫學晴的手，可知她沒有塗指甲的習慣，由此可見，那個人並不是溫學晴。」

「好吧，那到底是誰在趙同學的桌子上塗指甲？」班長催促道。

「沒有人在婉瑩的桌子上塗指甲。」倩倩這話把大家都弄糊塗了。

「你在胡說些什麼？」程傑笑道，「趙婉瑩的桌子明明……」

「我注意到桌子的邊沿位置，」倩倩把話說了下去，「我看見其中一條水痕流到了邊沿之外，但仔細檢查地面，卻不見任何滴在地上的污漬。也就是說，桌子曾被移

動過，而那張桌子並不是婉瑩本來的課桌。當我看見楊麗琪桌下的那滴污漬後，我立即就明白了，那個不小心碰倒瓶子的人，我想應該就是婉瑩的鄰座——楊麗琪。」

大家都把視線轉向那個紅透半邊天的歌手。

「午飯過後，你回到空蕩蕩的課室，在自己的桌子上塗指甲油，沒想到卻把瓶子碰倒了，把污漬弄得到處都是。」倩倩對她說，「你懶得把污漬洗掉，所以就索性把婉瑩和你的桌子交換了位置，並把課桌抽屜中的東西互相調換……如果需要證據的話，只要看看你那塗得綠油油的指甲就行了。」

沉默半晌後，楊麗琪總算說話了：「好啦，是我，那又怎麼樣？」

「你剛才一直一聲不吭。」班長嚴厲地對她說，「我們幾乎都把溫學晴當成犯人了！」

楊麗琪從鼻子裏哼了一聲，似乎不想再談這個話題了。

研究了這麼久，原來不過是誤會一場。這時上課鈴響起，看熱鬧的同學們也就興味索然地回到自己的座位去。

倩倩剛想往回走，程傑卻喊了她的名字。

「我告訴過你別插手我的案件。」他冷淡地說。

「啊，你還好意思說這個。」一旁的均均插嘴道，

「沒有倩倩姐姐介入的話，你早就錯怪好人了。」

「我其實也不認為溫學晴是犯人。」程傑強調，「如果給我多一點兒時間想想，也會一樣得到正確的結論……」

「還嘴硬？你再不回A班就遲到啦。」均均喊。

於是程傑和李曉培只好一聲不吭地離開了。

「那個糊塗偵探真是自以為是呢。」均均指了指課室大門，對倩倩說，「看他那樣子連特首是誰也查不出來。」

倩倩笑了笑，然後回到自己的座位上。

只見她隔壁的溫學晴仍然是一臉不太友好的表情，但正當倩倩從抽屜裏取出課本時，卻聽見隔壁傳來了一句話。

「謝謝。」聲音很低很低，幾乎完全聽不清楚。

「嗯？」倩倩連忙望向溫學晴。

「我什麼也沒說。」溫學晴粗聲粗氣地說。

但倩倩相信她的確說了。

早餐桌前的談話

第四章

星期二，早晨。倩倩迷迷糊糊地起了牀。

科學家説過，星期二對於學生和打工仔來説是最難捱的一天，因為前不着村、後不着店，周末充足休息所攢下來的能量已經用光，而距離下一個周末又非常漫長。所以，倩倩討厭星期二，討厭極了。

這天早上倩倩按照慣例，到隔壁婉瑩和均均的家裏吃早餐。剛坐下，她便「砰」的一聲把頭敲在餐桌上。

「嘿，看來今天有人不太精神哩。」只見均均咬着湯匙説。

「我討厭星期二。」倩倩説話時連頭也沒抬起來。

「你知道我最討厭什麼日子嗎？老爸老媽出差的時候，就像今天這樣。」均均歎着氣説，「因為這種時候早餐通常就由姐姐準備了，而這，絕對是非常恐怖的一件事。」

「早餐來啦！」婉瑩從廚房走出來，把一個盤子放在均均面前。

均均一看就知道不對勁了。

「我説，姐姐，這是什麼？」

「豆漿麥片浸生豆角，還加了一點豉油。」婉瑩理所當然地説。

「能這樣煮的嗎？」均均問。

「不能這樣煮的嗎？」婉瑩反問道，「你給我把早餐吃光，不准浪費。」

説着她就跑回廚房去，準備另一盤早餐了。

「噁，」均均望着那碗顏色古怪的早餐，吐了吐舌頭，「倩倩姐姐，我把這個月的零用錢都給你，你替我把這碗東西吃掉好不好？」

倩倩抬頭望了一眼，説：「別開玩笑，和錢比起來，當然是自己的命要緊。」

知道倩倩也解救不了自己，均均連忙把早餐放在地上。

「比奇，喂喂，比奇過來。」均均一邊拍手，一邊小聲地喊道。

正在沙發旁的窩裏睡覺的比奇聽見呼喚後，搖搖晃晃地站起來，往均均走去。比奇是一隻迷你寵物豬，整個身體粉紅粉紅的，右眼和後腿有幾個黑色的大斑點，身型和一隻哈巴狗差不多。牠很愛吃，性格也活潑得很。

當初均均嚷着要養寵物的時候，婉瑩本來以為他會養

狗，又或者養隻貓之類，最後竟然標新立異地養了隻迷你豬。當然，養豬也有養豬的好處——首先豬既不會汪汪叫也不會喵喵叫，至多偶爾「呼呼」兩聲；其次豬很意外地是一種很愛乾淨的動物，甚至比貓還喜歡洗澡；最後迷你豬幾乎什麼都吃，差不多均均吃什麼牠就吃什麼，易餵得很。

「來，比奇，乖，幫我把這個吃光光。」均均指着放在地上的早餐。

沒想到比奇嗅了嗅，便馬上走開了。

婉瑩所煮的東西就連豬也不吃……看來比奇對自己的食譜還是有點要求的。

於是均均只好把早餐放回桌面，欲哭無淚地吃了幾口。

倩倩看着他委屈的樣子着實想笑。

「倩倩，這是你的那一份！」婉瑩把一盤黏糊糊的食物放在倩倩面前。

這下輪到倩倩目瞪口呆了。

「呃，婉瑩，這到底是什麼東東？」

「看不出來嗎？菠菜炒雞蛋啊。」

「好像有點兒……呃，太熟了吧。」

這早餐豈止太熟了，簡直就是焦炭一塊，基本上連哪些是菠菜哪些是炒蛋都分不清了。

「不會。現在乖乖給我吃光。」

「老天保佑我能挺得過這盤菜……」倩倩一臉苦相，強逼自己吃了一口。

「你不吃早餐？」均均不禁問婉瑩。

「我什麼都不吃，節食。」

「是吃不下自己做的東西吧。」倩倩用手遮着嘴巴對均均說。

「當然不是，她肯定對自己做的菜免疫，」均均也做

着同樣的動作，「就像毒蛇對自己的毒液免疫一樣。」

「嘿！我聽得見的。」婉瑩忍不住喊道，「尊重我的話就老老實實把所有食物吃下去。」

「尊重？老實説，你不提還好，一説我就來氣了。」倩倩「哼」地叉起了腰，「昨天你們可不夠朋友，一受到同學們歡迎就不管我了，把我獨個兒丟下來。」

「幹什麼啊？生氣了？不過是沒有陪你吃午飯而已。」婉瑩狡辯道。

「就只有午飯嗎？」倩倩反問。

「呃……還有晚飯我們也失約了，」婉瑩苦笑，「沒辦法啦，有俊男請我去看戲，無論如何也拒絕不了。」

「對啊對啊，」均均也應道，「我也是無辜的，當時我正忙着盜用你的威水史去打動那些可愛的女孩子……」

「唉，算了。當我沒説。」倩倩早就習慣了婉瑩和均均的「見利忘義」了，算上這一次也沒有什麼不同，於是就換了個話題，「對了，你們和鄰座相處得怎麼樣了？」

「那個班長徐嘉明還好，」均均邊説邊用湯匙戳着早餐，「只是缺乏一些幽默感，他對我在他椅子上放圖釘這個主意，有點不太喜歡。」

豈止是不喜歡，班長簡直是暴跳如雷。

「求求你就不要把他逼瘋了。」倩倩語重心長地説。

「不會不會，」均均強調，「至少不會那麼快。」

「我的鄰桌可糟得多。」婉瑩說起來就一肚子氣，「那個楊麗琪總是擺臭架子，以為自己是女皇。她將空飲料盒、汽水罐等垃圾丟進我的抽屜裏，在小息的時候還戴着耳機聽音樂，聲音開得好大，讓我想小睡一下也沒有辦法。可惡，我決定開一個blog來揭露這人的行為，讓她的fans們看看她的真面目！」

「聽你這麼說，我倒是慶幸坐在温學晴隔壁了。」倩倩笑着說。

「對了，昨天如果沒有你的話，這個校園惡霸早就被人『定罪』了。雖然證據不足，但大家也一致認定是她的所為，有這種偏見實在太不應該了⋯⋯」

「這個，一口咬定温學晴潑墨的人好像是姐姐你吧。」均均提醒婉瑩。

「是嗎？嗯⋯⋯我已經不記得了。」婉瑩連忙說，「說起來，那個裝出一副偵探模樣的高大男生程傑，到底是什麼來頭？」

「他好像是秋之楓中學的名偵探，」倩倩回答，「已經在學校裏破了好幾宗大案件了。」

「昨天好險，簡直就是兩個名偵探的終極對決！」均均興奮得揮動雙手，「幸好最後還是讓你贏了——倩倩

1分，傑程零蛋。」

「我並不是為了贏⋯⋯我只是想找出真相而已。」倩倩說。

「哼，秋之楓名偵探？」婉瑩則對程傑的名號不以為然，「聽起來很厲害，但我看他至多也是查查小案件吧，例如誰偷了體育器材室裏的乒乓球，又或者誰偷了洗手間裏的衛生紙之類。這麼小的一間學校，又有什麼大案件可言呢？」

可是在這一點上，婉瑩錯了。

茶杯裏的風波

在這天稍晚的時間後,罪惡便正式降臨了秋之楓中學。

此時正值上午的第一個小息,中四B班的班主任美寶老師捧着厚重的課本和作業簿,緩緩地走回自己的辦公室。

美寶老師打開辦公室的大門,除她以外,裏面空無一人。不到半年前,秋之楓的校舍剛剛進行過翻新工程,所以整棟建築的結構有點兒怪怪的——位於校舍二樓原本非常寬闊的教師辦公室被一分為二,大點的那部分被改建成電腦室,而留下來的辦公室部分只有不到兩百平方呎,甚至擺不下三張大辦公桌子。

大部分的教師都遷到了一樓的新辦公室裏,只有美寶老師、一位數學老師和另一位教體育的男教師留在原地。那位數學老師年紀很大,已經處於半退休狀態了,每星期只回校一兩次;而體育老師則由於工作性質的關係,很少待在教師辦公室。因此,這裏很大程度上就只屬於美寶老師一人。

能擁有自己的私人空間真棒！美寶老師這樣想道。這個位置她可不肯和任何人調換呢！

　　美寶老師是一個很樂觀的人，這一點基本上就從她臉上看得出來。她很愛笑，就連四周沒人的時候也仍然是笑瞇瞇的，而這種笑容毫不造作，絕對發自內心；因此無論她出現在什麼地方，在場的人都會被她的性格感染，變得活潑開朗起來。

　　這真是美好的一天，她心想，這也是新學期的一個美好開始。中四級的學生都很聽話，互相之間也相處得不錯──有些插班生可能不太適應，但她相信過不了多久，他們就會慢慢習慣的了。

　　當然，無可避免的，有時候學生也會鬧矛盾。昨天中午發生的那場小小的衝突，美寶老師也從B班班長那裏聽說了，幸好事情來得快、去得也快，並沒有造成太大的麻煩。據徐嘉明所說，大家差點就誤會了溫學晴，如果不是那位名叫歐陽小倩的插班生靈機一動，推斷出真相的話，溫學晴就會蒙上不白之冤了。

　　正想着，美寶老師放下重重的課本和作業簿，一邊下意識地拿起桌上的茶杯，走到辦公室角落的茶水間裏，把裏面已經變味的一點茶倒掉，然後仔細地把茶杯洗得乾乾淨淨。完成這些動作後，她回到辦公桌前，拉開抽屜，挑

出一包茶包放進茶杯裏，然後沖了滿滿的一杯開水。

在下課後喝上一杯香濃的綠茶是美寶老師的習慣。

對於很多人來説，這茶的溫度可能太燙了點，可是對於美寶老師來説卻剛剛好──她只喜歡滾燙的、熱呼呼的飲料。

她舒適地坐在自己的椅子上，隨手翻着自己捧回來的學生作業簿，同時帶着欣賞的態度啜飲着綠茶。美寶老師在這天的第三、四節並沒有課，於是她決定利用這段時間批改同學們的作業，由於是新學期第一天的作業，所以內容不多，不過是幾條選擇題而已，她相信如果順利的話，不用一個小時就可以批改完畢了。

不過在這之前……

由於美寶老師的家離學校很遠，所以每天早上她都馬不停蹄地趕回來上課，連早餐也來不及吃，所以如果時間允許的話，她通常會趁第一節小息的時間，到學校的小賣部買點東西來填肚子。而現在，美寶老師的肚子已經咕咕作響了。

於是她站了起來，將杯蓋蓋在杯子上，然後離開了辦公室。

當美寶老師沿着樓梯往下走，一邊在想到底是吃魚蛋還是三文治時，一個黑影悄悄地出現在教師辦公室的大門

前。

黑影向四周張望，確定沒人注意到自己後，迅速推門而入，毫不猶豫地往美寶老師的座位走去……

五分鐘後，美寶老師拎着幾顆裝在袋子裏的魚蛋回來了。

「咦？」當她走到辦公室附近時，卻意外地發現大門正半掩着，沒有關上。

說不定只是某個班長來找她，等了一會不見人，沒有關好門便離開了。美寶老師微笑着心想，又或者是某個欠交功課的同學，趁上課的時候把作業補做好，然後偷偷送來——雖說這樣做不太合適，但美寶老師並不會介意，她對待學生是非常寬容的。

美寶老師重新坐回到座位裏，把桌上的作業簿推到一邊去，她打算先解決早餐再批改作業。她將早餐放在桌子中央，然後拿起茶，喝了一口。

突然她猛地皺了皺眉。

好鹹啊！這是美寶老師的第一個感覺，這還是那杯綠茶嗎？簡直就像在喝海水，而且還有一種甘甘的、苦苦的怪味道……

美寶老師立即往杯裏看去，只見之前放在裏面的茶包仍在，但茶的顏色已經產生了變化，而更讓這位可敬的老

師驚訝的是，杯底中央竟然漂浮着一小段紙條。

她小心地用筆將紙條掏出來，上面的字跡已變得模糊，但仍勉強可辨。

「幸好這不是真的毒藥。恭喜你成為這宗謀殺案的受害者。兇手字。」紙條上寫道。

自新學期開始後，這是美寶老師第一次露出嚴峻的表情。

「歐陽小倩！」有人喊道。

「嗯？」倩倩轉過頭去，只見李曉培站在中四B班的門口，叫喚着自己的名字。

她連忙離開座位，趕到大門前。

「請問有什麼事？」她禮貌地問。

李曉培的表情看來不太高興，她說：「美寶老師叫你到教師辦公室一趟。」

倩倩有點驚訝，因為午飯時間剛剛開始，她正準備拿錢包出外用餐呢！到底美寶老師有什麼事要急着跟她說？

「這個時候？」倩倩不禁喊道，「為什麼？」

「我怎麼知道。」李曉培不耐煩地回答，「我只知道連程傑也被她叫去了。」

於是倩倩不敢怠慢，連忙趕往教師辦公室。

李曉培説得沒錯，程傑果然也在裏面。當倩倩走到兩人面前時，只聽見程傑正在對什麼事發表着意見。

「……如果是惡作劇的話，也實在太過分了。這簡直就是侮辱。」

「其實沒有那麼嚴重啦，」美寶老師回應道，「只是，這種玩笑儘管並不會傷害任何人，但也並非無傷大雅。這和那些用喇叭嚇人一跳，又或者將搖晃過的汽水送給別人的惡作劇不同，更有一些險惡的意味……啊，倩倩同學，你來了，請坐下吧。」

「啊，不用了。」倩倩看見程傑也是站着的，所以謝絕了老師的建議。

程傑望向倩倩，一臉不可思議的樣子。

美寶老師這時才意識到什麼，連忙對他説：「我忘了説啦，我把倩倩同學也叫來了。我剛剛在網上查過她的名字，才知道原來她也是一個聰明的偵探哩！我希望她能和你一起調查這宗案件。希望你不要介意。」

「噢，當然不會……」程傑嘴裏雖然這樣説，但表情顯示出他對此並不樂意。

「這個，到底是什麼事？」倩倩好奇地問。

美寶老師想了想，笑道：「我想你已經認識程傑了。你應該知道他是秋之楓中學裏的一個少年偵探，而且替學

校破了不少的案件。但我想你並不知道，委託他查案的人是誰⋯⋯」

「是⋯⋯老師你？」倩倩連忙道。

「對啊，我本來還想要你猜。」美寶老師發出爽朗的笑聲，「程傑是一個很聰明的學生，他幫我偵破了學校裏很多稀奇古怪的案件，而讓我感激的是，他從來都不問回報⋯⋯」

「對我來説，真相大白就是最好的回報了。」程傑笑着點了點頭。

「對啊，那實在太幸運了。」美寶老師做了個淘氣的表情，「我真怕他説考試答案就是最好的回報呢！」

倩倩聽後不禁笑了起來。

「每次有案件，我都會委託給程傑和他的小助手李曉培進行獨立的調查。」老師托了托眼鏡，「他們從沒有讓我失望過，我相信，這次也是一樣。」

「這次，發生了什麼事？」倩倩説。

「惡作劇。」程傑嚴肅地説，「不懷好意的惡作劇。有人在美寶老師的茶杯裏丟了不知什麼難喝的東西，還丟進了一張紙條。」

美寶老師拿起放在桌子旁的紙條，小心地遞給倩倩。

「小心，還沒乾透。」她説。

　　倩倩接了過來。只見字條上的字跡已經極度模糊了，幾乎無法閱讀。

　　「幸好這不是真的毒……你成為這宗……案的受害者。兇手……」倩倩讀了半天，有幾個字實在是溶化得太厲害，看不見了。

　　「幸好這不是真的毒藥。恭喜你成為這宗謀殺案的受害者。兇手字。」美寶老師一字一頓地複述道。

　　「咦？那不會真的是毒藥吧？老師你把茶喝下去了？」倩倩立即問道。

　　「放心，我還活得好好的。」美寶老師笑了，「我不知道茶杯裏放的東西是什麼，但至少肯定沒有毒。」

　　「那是什麼味道的？」程傑問。

　　「很鹹，非常非常的鹹。我認為嘗起來很像做spa時用的海鹽。另外還有一種甘苦的味道，又有點嗆人，像某種中藥。」

　　「不會是毛地黃吧。」倩倩小聲道。

　　「笨蛋，毛地黃嘗起來會有鹹味嗎？」程傑不禁反駁，卻又意識到自己惡劣的態度，連忙說，「我的意思是……」

　　「程傑，」美寶老師認真地說，「我想，嗯，我應該向你道歉，請原諒我沒有徵求你的同意就把倩倩請來幫

忙。但事實是，你們兩人都很聰明，在查案方面各有千秋、各有所長，並不是一定得分個高低、拚個你死我活的。你明白我的意思嗎？」

程傑不發一言，只是點了點頭。

「那……嗯，案件發生在什麼時候？」倩倩試着改變話題。

於是美寶老師將她早上的經歷簡單地講了一遍。

「也就是說，那人在你離開辦公室到小賣部買早餐的這段時間裏，潛入辦公室，將紙條和所謂的『毒藥』放進杯子裏。」程傑思索道，「那正是小息時間啊，幾乎所有人都有犯案的嫌疑。」

此刻倩倩正看着手上的紙條，突然覺得這種紙看起來很熟悉，不知道在哪兒見過……

「我想這屬於秋之楓中學的學生作業簿。紙質偏黃，帶有雜質，有點厚，是再造紙。」倩倩指着紙條邊沿一條斷斷續續的藍線，「還有這橫線就印在作業簿的上方。犯人將自己的作業簿撕下一頁來，割取一部分，然後寫成這張紙條。」

接着她將紙條高高舉起，迎着燈光，繼續道：「犯人所用的筆是原子筆，因為如果是墨水筆的話，字跡會比現在更模糊。而且從字跡的歪斜程度來看，可以肯定犯人用

了某種特別的方式來寫這些字，例如用自己不慣用的一隻手來書寫，好讓我們無法辨認筆跡。」

「我想這也幫助不大。」程傑忍不住說，「學校裏每個人都有作業簿，也不知道多少人有黑色原子筆——這並沒有縮小我們的調查範圍。」

「當然冷嘲熱諷也不會有什麼幫助。」倩倩則回敬道。

「我只是實事求事地指出，你的推理根本毫無用處。」

「那你又有什麼更好的推論呢？」

「就算我有，又為什麼要說出來？當然，如果你懇求我的話……」

於是兩人針鋒相對地吵了起來。

只見對面的美寶老師無奈地捂着臉，正在懊惱自己為什麼要把兩人叫到一起查案……

五分鐘後，當兩人一再向美寶老師保證不再拌嘴後，才雙雙離開教師辦公室。

「現在又怎麼樣？」程傑站在空蕩蕩的走廊上，望着倩倩。

「在沒有更多線索的情況下，當然是調查同學們的不在場證據，中四級只有B班是由美寶老師任教的，所以可

以集中在這個班裏進行調查。」

「真厲害。」程傑拍起了手來，「B班差不多有三四十人，你真的打算逐個去調查嗎？」

「如果你有其他建議的話，請即管提出。」

「好啊，你喜歡就自己慢慢問個夠⋯⋯」程傑説，「我將會用更快更好的方法來破案，一定比你更快查出事情的真相。」

「那就走着瞧，」倩倩挑戰似地望着他，「到時候別問我要調查結果。」

「我才不會。」程傑也回敬道。

「很好！」

口裏説着意氣用事的話，兩人各自大步往相反的方向走去。

倩倩老大不高興地皺着眉頭，她可是真的生氣了。平時她可是個脾氣不錯的人，但這次卻被程傑目空一切的態度激怒，不知不覺變得好勝起來——她發誓一定要用最快的速度找出製造惡作劇的人，將程傑這個自以為是的偵探比下去⋯⋯

剛進中四B班課室，就看見在裏面等待的婉瑩和均均。

「啊！倩倩，原來你在這兒。」婉瑩揮着手説，「我

70

還以為你自己跑去吃飯了。昨天我們『拋棄』了你，很後悔，於是今天決定特地和你一起午餐。」

「對啊，」均均則道，「你知道嗎？為了和你吃飯，我已經婉拒了很多熱情fans的邀請了。」

「你們在這兒實在太好啦。」只見倩倩一臉認真的樣子，「該是時候行動了！」

「行動？什麼行動？」

「該是『刑偵三人組』行動的時候了。」倩倩笑着補充。

在吃午飯的時候，倩倩把發生在教師辦公室裏的惡作劇詳細地描述了一遍。

婉瑩和均均聽後皆對這宗案件產生了興趣。

「惡作劇，是吧？」均均一邊嚼着自己的咖哩飯，一邊含糊不清地說，「別的東西我不知道，但說到惡作劇我可是最在行的了，這件案件就交給我吧！」

「我們是要查案，又不是搞惡作劇。」婉瑩瞟了他一眼，然後問倩倩道，「老實說我搞不明白，那傢伙要作弄人的話，為什麼偏偏要作弄美寶老師呢？她是那麼可敬的一個人，我想不到誰會不喜歡她。我覺得如果犯人作弄的人是英文老師，那還說得過去……你知道，他開學第一天就給我們弄了個突擊測驗，第二天就要求我們用英文作一

71

篇兩千字的文章，大家都不喜歡他。」

「這是個很好的想法。」倩倩點頭同意，「犯人為什麼要這樣做？作弄可敬的美寶老師又有什麼得益？我覺得尋找犯人作案的『動機』是最重要的。」

「說不定那個人就是想捉弄英文老師吧，只是搞錯了桌子，錯把東西放進美寶老師的杯子裏。」均均裝模作樣地發表着自己的意見，「現在，只要我們找出誰最憎恨英文老師……」

「唉，英文老師的辦公室在一樓，」婉瑩不耐煩地阻止道，「整整隔了一層樓，又怎麼可能搞錯？只有美寶老師、體育老師和另一班級的數學老師使用那一間辦公室，就算犯人真的是弄錯桌子，也和英文老師無關吧。」

「難道……」倩倩突然不說話了，思考着。

「倩倩你想到了什麼？」

「我想，犯人之所以選擇作弄美寶老師，僅僅是因為這樣做較容易得手。」倩倩微笑道，「也就是說，犯人並不是因為針對美寶老師而做出這樣的惡作劇，而是由於一樓教師辦公室的老師較多，任何行跡可疑的學生都會被發現，從而讓犯人曝露自己的身分。而二樓的辦公室只有三個老師，可能甚至大部分時間只有美寶老師一個，惡作劇的執行可能性較高。」

72

「我說這犯人可真無聊，無端鬧事，以開別人玩笑為樂。世界上竟然會有這種人？」均均大義凜然地說。

只見倩倩和婉瑩盯着他看。

「望着我幹什麼？」均均奇怪地問，似乎意識不到自己就是這種無聊人。

「我覺得這並不是普通的玩笑。」倩倩轉回正題，繼續道，「那張紙條上的話讓我感到不太對勁，『恭喜你成為這宗謀殺案的受害者』，乍聽起來只是虛張聲勢，但明顯埋藏着一絲惡意。你想想，如果放進美寶老師杯裏的不是鹹鹹的怪東西，而是真正的毒藥，那這就變成一宗真正的謀殺案了。」

婉瑩和均均聽見這種假設，只感到不寒而慄。

「惡作劇和謀殺原來只是一線之隔啊。」均均緩緩道。

「那就更奇怪了，犯人既懷着惡意，但這種惡意又不是針對美寶老師本人，那犯人的目的到底是什麼？」婉瑩問。

「這就是我們要尋找的答案。」倩倩回答，「而首先，我們得先通過調查各人的不在場證據，把可疑的人都找出來。」

於是她便開始和兩人討論詳細的調查工作。

第六章　「定時炸彈」

接下來的整整一天，倩倩、婉瑩和均均都在努力地調查中四B班同學的不在場證據。倩倩首先把案件發生的那個小息裏沒有離開過課室的同學都標示出來，然後通過詢問學生本人、鄰座和班長來進行確認，最後把這批學生都排除在嫌疑名單之外；而那些曾經在小息期間離開課室的人，則由婉瑩和均均這兩個大人物通過閒聊等旁敲側擊的方法來進行詢問，確認各人的行蹤，並把行蹤確實無疑的學生排除。

就這樣，嫌疑人的數量也越來越少了。

但到了第二天中午，當倩倩的調查工作仍在進行中的時候，程傑和他的助手李曉培突然出現在倩倩的面前。

「我想，你的調查進度肯定落後於預期吧？」程傑露出不懷好意的微笑。

「那你一定已經知道誰是犯人了？」倩倩不甘示弱地反問道。

「不，但也快了。」程傑神秘地説，「言歸正傳，我之所以來這裏，是因為有一些和案件有關的情報要告訴

你。」

「你會這麼好心？有什麼企圖？」倩倩哼了一聲。

「我只是想玩個公平點的遊戲，這些情報很重要，如果不告訴你的話，就算我比你更早找出犯人，也贏得沒有意思。」程傑高傲地說，「如果你不怎麼忙的話，帶上你的兩個助手，我們找個靜點的餐廳邊吃邊談。」

於是倩倩找來婉瑩和均均，跟着程傑、李曉培兩人來到一間僻靜的薄餅店裏。

點了菜後，李曉培終於說出她在開學前回校所遇到的怪事。

暑假快結束時，由於李曉培把自己的暑假作業簿忘在舊課室裏，所以便回學校拿作業，之後還一時好奇，跑到自己在中四級的新課室裏遊覽，結果被放在門上的一塊塗成磚頭模樣的厚紙皮盒砸中了頭。而寫在「磚頭」背面紙條上的字，她現在還記得清清楚楚。

「『幸好這不是真的磚頭。恭喜你成為這宗謀殺案的受害者。兇手字。』」李曉培用手托着腮，望着桌子對面的三人，「上面這樣寫着。當程傑跟我講述發生在美寶老師身上的惡作劇時，我立即就回憶起那天在課室裏遇到的事情；我讓程傑給我看那張紙條，發現紙條和『磚頭』背面的字是一模一樣的。於是我們的結論是，兩件事一定有

關係，很可能……這都是同一個人做的。」

倩倩想了想。

「那塊『磚頭』你有沒有留下來？」她問。

「沒有，當時我怎會想到以後還會發生同類的案件？我以為這是一個無傷大雅的玩笑，僅此而已。所以我便把那東西丟掉了。」李曉培說。

「連續發生的兩宗惡作劇。」倩倩喃喃道，「這到底說明了什麼？」

「說明這是一宗『連環謀殺案』。」程傑回答。

程傑的話本來很可笑，但在場的人都沒有笑出來，大家都意識到，這案件越看越不像普通的惡作劇了。

「你的意思是說，犯人以後還會繼續犯案？」倩倩說。

「很有可能。」程傑點了點頭，「犯人在重複使用同一套模式來進行『謀殺』，第一次是使用『磚頭』所製作的陷阱，第二次是使用放進杯子裏的『毒藥』。可以預計，不久之後就會發生第三宗『謀殺案』。」

「犯人為什麼要這樣做？有什麼好處呢？」婉瑩提問道。

「這就是問題的關鍵——到底犯人的『動機』是什麼？」倩倩沉思着說，「昨天發生的惡作劇明顯並不是針

對美寶老師的，而暑假期間的另一宗惡作劇似乎也並不是針對你一人的。」

說着她望向李曉培。

「你回學校拿作業簿這件事，犯人不可能預料到，也更不可能知道你會特地跑到中四A班去看看新課室，從而觸動機關。」倩倩想了半秒鐘，「讓我們來看看犯人本來的計劃——這人在暑假快放完的時候，趁看門的校工不注意，溜進了中四A班，把『磚頭』放在門上，然後偷偷離開。那犯人所希望的事情是什麼？當學校開課的當天，第一個步進課室的學生，就會被這塊『磚頭』砸中額頭，而這學生肯定會大聲抱怨，到處詢問這種低級玩笑到底是誰開的。於是，整件事情就會被迅速傳到其他人的耳朵裏，眾人皆知。這就是犯人本來的目的。只是沒料到李曉培你回學校拿作業簿，從而使機關提早觸發，並被你迅速忘掉……」

「而在昨天的案件中，」程傑不甘示弱地插嘴道，「犯人試圖通過向老師下手，來引起所有人的注意。犯人認為老師在被作弄後，一定會大發雷霆，在課堂上跟同學們說出這件事；但沒料到美寶老師不但沒有到處宣揚，還派我們暗中進行調查……」

「這就說明了，」倩倩再次把話題奪了回來，「不管

犯人的最終目的是什麼，都是在試圖把事情鬧大——所以既然犯人在前兩宗案件中一無所獲，那麼第三宗案件的發生就無可避免了⋯⋯」

「而案件發生得越多，留下的蛛絲馬跡就越多，」程傑則說，「只要我們密切注意那些可疑的人，並對照案件發生時各人的不在場證據，那⋯⋯」

「那就可以確認犯人的身分了。」倩倩搶在他之前完成了這個句子。

只見李曉培、婉瑩和均均的眼睛骨碌碌地在兩個大偵探之間打轉，彷彿在看一場乒乓球賽；看見兩人爭着說話的情形，恐怕連傻子都知道他們正在互相鬥氣。

「你怎麼喜歡打斷別人的話？」程傑不滿地對倩倩說。

「是你先打斷我的。」倩倩回答。

「我只是覺得你老在說廢話，所以才插嘴替大家省點時間，真讓你自顧自說下去的話，誰知你會不會講到猴年馬月。」

「我可是在認真地討論案情。」倩倩不服氣地說，「老實說，我那麼努力地搜集證據，這期間你又幹了些什麼？睡覺？發白日夢？數星星？」

「為什麼要告訴你？說不定我的想法說出來，轉眼

78

就被你當成自己的結論，高高興興地跑去跟美寶老師匯報了。」

「我絕不會這樣做！」

「是嗎？前天的課桌『墨漬』一案的功勞不就被你奪去了？」

「明明是你判斷錯誤，還怪別人。」倩倩說着生氣地把頭扭向右邊去。

一時間大家都不再說話了，現場氣氛尷尬得很。

「呃，說起來……」婉瑩連忙開口，打了個圓場，「我的芝士千層薄餅怎麼這麼久也沒來呢？都快十分鐘了，效率真慢啊！」

「你叫了芝士千層薄餅？」李曉培也配合着說，「我試過了，並不是太好吃。我建議你以後試試那個海鮮雜菜芝士薄餅……」

於是大家就開始聊起其他不着邊際的話題，再也沒有提起這宗案件。

但他們不知道的是，第三宗案件很快就發生了，而且，還發生在第二天早上。

第二天，當班長徐嘉明穿過走廊，往中四B班的大門走去時，時針才剛剛指着八點正。通常，他總是每天第一個來到課室的人，雖說他的早到不會有任何老師看見，但

79

他仍然以此為榮。

　　他喜歡利用這段多出來的時間擦擦黑板、把課桌搬整齊，或者簡單地掃掃地，讓課室變得更加整潔，完成這一切後，他就會拿出幾本晦澀的課外書來讀讀，又或者整理一下自己厚厚的課堂筆記。

　　但這天他剛踏進空蕩蕩的課室，隨即就聞到一股淡淡的、奇怪的氣味。

　　聞起來就像煙火的味道。

　　是發生火災了？班長心想，但他環顧四周，並沒有看見任何火源。何況這氣味很淡很淡，絕對不是火災所產生的那種嗆人的煙味。

　　說不定是從遠處飄來的吧，他只好這樣判斷。

　　但當他收拾好課室後，氣味仍未消失；於是他把頭伸出課室外，吸了吸鼻子，卻沒有聞到任何氣味，似乎氣味的源頭就在課室裏面。

　　他四處查看着，連同學們的抽屜和講台抽屜都沒有遺漏，卻還是一無所獲。

　　此時中四B班的同學們也開始陸續回來了。

　　「哇，什麼味道。」有個同學一進課室便抱怨道。

　　「是誰在燒香？」另一個同學則說。

　　「我也不知道，我剛回來就這樣了。」班長徐嘉明搖

着頭説。

此時倩倩、婉瑩和均均也踏進了課室裏。均均一進來便像隻狗般使勁嗅了幾下，臉色大變，驚叫道：「火災啊！大家快走！」

正喊着，他便脱下自己左腳的鞋子，往走廊的火警警報器衝去。

只見婉瑩歎了口氣，伸出手來一把揪着他。

「這氣味到底來自什麼地方？」倩倩自言自語道，有種不太好的預感。

課室裏的同學議論紛紛，一些人則到處搜索着。

「是不是電線燒着了？」徐嘉明提出。

均均聽後用眼睛把分布在課室裏的電線掃視了一遍，最後他的視線停在天花板的一把吊扇上。

「看，那是什麼？」均均舉起手指着。

大家不約而同地往他所指的方向望去，只見在課室倒數第二把的吊扇扇葉上，有一個圓圓的、深綠色的突起物，由於天花板上的吊扇本身也是深綠色的，所以這東西幾乎和吊扇融為一體，所以不抬頭仔細觀察的話，根本就不會發現。

「呃，一個氣球？」有人喊道。

「一個綠色的氣球，」婉瑩繞到課室的另一邊，在這

個角度可以看得更清楚，「誰把這種東西放在吊扇上？對了，那支黏在氣球上的是什麼東西？」

均均走到婉瑩身旁，頓時大吃一驚。

「所有人，立即離開！緊急疏散，快走，再遲一點就來不及了！」均均像個警報器般響了起來。

「你又發什麼神經？」婉瑩斜眼看着他。

「你不懂！那並不是普通的綠色氣球，」均均急得直跳，「你看那不均勻的顏色，這明顯是灌了一層深綠色墨水的綠色氣球！而那黏在氣球上的東西是一支香，也是簡單的定時裝置。你想想，當香燒得差不多時，把裝有墨水的氣球弄爆，接下來會發生什麼事？」

班裏的同學們一聽便慌了。

「這可是一個『墨水定時炸彈』啊！」均均喊道。

雖說這『炸彈』並不致命，但大家當然不想弄得一身的墨跡，於是爭先恐後地往課室外衝去。

「我說，你怎麼會知道得這麼清楚？」婉瑩盯着均均。

「因為這種裝置我也製作過，」均均聳了聳肩，「實際上在課室裏放『墨水定時炸彈』才是我在舊校被罰留堂的真正原因。」

倩倩果斷地望了望香的長度，回頭對婉瑩和均均說：

「那支香至少還要幾分鐘才會燒到氣球上，還有時間阻止它！」

「你想『拆彈』？」均均驚呼，「雖說把香剪掉就可以了，但那氣球吹得很脹，極不穩定，只要操作上稍有差池⋯⋯」

「事到如今也沒辦法了，」倩倩說着將一把椅子疊在吊扇下的課桌上，「任由它爆炸的話，就會把四周弄得很髒，我可不想讓那個人得逞！」

「那個人？」

「很明顯，」倩倩皺着眉說，「這就是第三宗惡作劇了。」

兩分鐘後，當程傑穿過人，進入中四B班的課室時，倩倩還站在椅子上，努力地保持着穩定，手上拿着一把圓頭安全剪刀。

「我看見B班的人都擠在課室門外，於是就過來看看。」程傑放下書包，走到倩倩身旁，「你的兩個助手把事情都告訴我了，這就是第三宗案件嗎？」

「沒錯，」此刻倩倩已經摸到了吊扇，但身體卻無法保持平衡，只好又鬆開了手，「我相信在氣球附近，一定會找到相同的紙條。」

「要幫忙嗎？」

「不用。」倩倩堅持道,「我一個人就可以搞定。」

程傑看見倩倩已經站在一張課桌和一張大椅子上,但即使她高舉着手、踮着腳尖,卻仍然夠不着吊扇。

於是他歎了一口氣,對倩倩說:「讓我來吧,我可比你高得多。」

倩倩眼看那香快要燒到盡頭了,只好迅速爬下來,把剪刀交給程傑。

「這下犯人的目的就達到了,不是麼?」程傑一邊爬上桌子,一邊苦笑道。

「你的意思是?」

「犯人目前所希望的就是把事情鬧大,經過今天一役後,誰不知道有人打算

用定時裝置把中四B班的同學們炸
成101斑點狗？」

　　倩倩聽後不禁笑了起來。

　　「那也是沒有辦法避免的事，」倩
倩邊説邊牢牢抓着程傑所站的椅子，「好
消息是，這倒給了我們更多的線索——這種
香可以燒很長的一段時間，不會短於半小時，
也就是説，犯人可能早在七點五十分時就已經
把裝置裝在這兒，只要我們調查一下今天有
誰提早出門，就可以知道犯人是誰了。」

　　「我覺得不會這麼順利，」程傑一隻
手固定着吊扇，一隻手小心地剪着燃燒着的
香，「即使能知道各人何時離開家，也很難推斷
回到學校的準確時間啊。」

　　「説不定可以問問看門的校工。」

　　「算了吧，你知道所謂的『看門』是
怎麼回事，沒人會認得……啊，好了！」
只見程傑歡呼起來，舉着手中的半截香，

「『炸彈』成功拆除，現在只需要把……」

他的話才說到一半，毫無徵兆的，氣球「砰」一聲爆炸了。

看來氣球終究還是抗不住自身的壓力。

隨爆炸飛散開來的墨汁被濺得到處都是，倩倩只覺得房間裏彷彿在下著又黑又綠的毛毛雨，下意識地用手遮住了眼睛。

當她再次把眼睜開時，只見以吊扇為中心的兩米範圍內盡是墨點。抬頭看去，爆炸時就站在「炸彈」旁的程傑整塊臉都是深綠色的，他已經被嚇呆了，一動也不敢動，而他那潔白的校服現在看起來就像一幅後現代畫作。

倩倩盯了他兩秒，先是咧起了嘴，然後便毫無顧忌地大笑起來。

「有什麼好笑的。」程傑終於開口了。

「哈哈哈，你簡直就像隻斑點狗。」倩倩一笑起來就停不住了。

「你不也是五十步笑百步嗎？」程傑也笑了，「找塊鏡子看看自己，你就像剛掉進了泥潭！」

儘管衣服上都沾滿了墨汁，儘管兩人看起來都和瘋子差不多，但他們還是忍不住被對方的狼狽相逗樂了。

「哈哈，唉，臉上的墨汁還好辦，衣服上的污漬估計

很難洗掉哩。」倩倩有點懊惱地望着自己的裙子。

而程傑則踮着腳，伸手把殘餘的「炸彈」拆了下來。

當他跳下來後，倩倩湊了過去，仔細觀察程傑手中的東西。

一張貼在兩片膠帶間的紙條繫在已經完全破掉的氣球上，程傑用手指把上面的墨汁擦去，一段熟悉的句子赫然出現。

「幸好這不是真的炸彈。恭喜你們成為這宗謀殺案的受害者。兇手字。」倩倩撥了撥頭髮，讀道。

「可惡。」程傑有點惱怒地說，「我們不能讓犯人再這樣囂張下去。」

倩倩突然意識到他使用了「我們」這一個詞──這說明程傑不知不覺間已經接受了倩倩的介入，真心把她當成了調查隊的一分子……

「你們沒事吧？」此時婉瑩和均均跑進課室。

「怎麼可能沒事？」倩倩吐了吐舌頭，「我想我得請半天假回家換衣服，我可不想這樣子繼續上課。」

「對了，倩倩姐姐……」只見均均一副欲言又止的表情。

「什麼事？」

「呃，這個，」均均越說越不自在了，「其實要對付

『墨水定時炸彈』還有個更簡單的方法：就是用大型垃圾袋把炸彈包起來，那麼爆炸的時候就不會把墨濺得到處都是了。」

　「那你怎麼不早說！」

　「我一時緊張忘了啊！」均均見倩倩要衝過來揍他，連忙逃跑，卻被堵在課室門口的同學們擋住，一時間鑽不出去，「哇！你想幹什麼？不要哇！」

　結果，均均慘烈地被倩倩用雙手揩了一臉的墨。

第七章 K房角落的談話

　　第三宗案件發生後，倩倩和程傑他們的調查工作就正式公開了。這種情況對倩倩他們來說有利有弊：一方面，調查隊可以名正言順地向同學們套取口供了，不用再轉彎抹角，方便得多；但另一方面，犯人知道了調查隊員的身分後，也就會對他們多加防範。

　　同時，不但「墨水炸彈案」，就連「磚頭砸人案」和「綠茶下毒案」也在美寶老師的解說下公諸於眾；現在大家都知道有一個喜歡搞惡作劇的「連環殺手」隱藏在同學們之中，正伺機而動，尋找着下一個受害者。

　　這件事讓同學們人心惶惶……嗯，這樣說其實並不準確，應該說大家都對此感到異常興奮才對。因為這些「連環謀殺案」為他們沉悶的校園生活增添了大量的談資，大部分人甚至是用看熱鬧的心態來等待下一件案件的發生。

　　轉眼來到星期五，秋之楓中學的學生們即將迎來新學期的第一個周末。這天放學後，不知道是誰先提出的，中四級的同學們突然決定舉辦一次集體活動，一起到銅鑼灣某商場唱K兼吃晚飯。

雖然大部分的同學不是要回家吃飯，就是已經約了其他人，但最終中四級的學生們還是組成了多達二十多人的「唱K團」，浩浩蕩蕩地來到了目的地。很少追聽流行曲的倩倩本來是不想來的，但由於婉瑩和均均都出席活動，而她也不想在這天晚上獨個兒吃即食麵那麼悲慘，所以就決定跟隨大隊。

　　不過她很快就後悔了。

　　大夥兒人數眾多，所以包下了全店裏最大的房間。當眾人七嘴八舌地點了餐後，就爭相用遙控器點着歌，不同風格的伴唱音樂一首接一首地播放起來，由流行曲到搖滾樂、由hip-hop到K-pop、由個人獨唱到情歌對唱……震耳欲聾沒完沒了，那還算了，最糟的是大部分唱歌的人一沒技巧二沒歌喉三沒音準，這可害慘了倩倩的耳朵。

　　除了五音不全的歌聲外，大家互相高聲寒暄的聲音也不絕於耳，混合起來就像數千隻鴨子在同時高聲噪鳴。倩倩真不明白，既然要聊天，為什麼不找個安安靜靜又明亮的地方坐下慢慢聊？

　　她討厭這個吵雜的地方，而唯一能陪伴她的婉瑩和均均兩人，卻被一羣同學擁戴着，手持麥克風，扯着喉嚨唱着一首女子組合舞曲。

　　這清楚顯示了倩倩和他們在年級中地位的差別。婉瑩

和均均可比她要受歡迎多了，甚至可以説是此次活動的中心人物；而相反，倩倩則只有縮在角落被人冷落的份兒，估計在場大部分人連她的名字也不知道。

倩倩暗暗歎着氣，拿起自己的飲料喝了一口，卻無意中發現程傑也遠離熱鬧的人，獨自一個躲在角落裏，盯着電視屏幕默不作聲。

於是倩倩走上前去。

「幹嗎不跟大夥兒一起唱歌？」她坐到程傑的旁邊，問。

「你自己不也一樣？」程傑仍舊盯着電視，「你又為什麼躲在角落裏呢？」

「我討厭吵雜。」倩倩回答，「而且我不常聽流行曲。」

「我也不常聽，」程傑回過頭來，「應該説，我討厭現在的流行曲，你知道，在這個年頭，紅的人都不懂得唱歌，懂得唱歌的人都不紅。」

「嘩，你似乎對此頗有感觸呢。」

「只是有感而發而已。」程傑笑道，「我只是想説明自己為什麼不喜歡現在的流行歌曲，我喜歡的歌都是『四大天王』那個年代的。」

「作為『四大天王』的fans，你會不會有點太年輕

了？」

「好吧，我很老套，這就是你要表達的意思嗎？」

「當然不，」倩倩忙道，「怎麼你這人總是喜歡挑起爭端？喜歡讓別人對你產生敵意？你這種態度可結交不了什麼朋友。」

「我的確沒有一個朋友。」程傑冷淡地說。

「這個……」倩倩這才感到自己的話過火了，隨即道歉道，「對不起，我不是有意的。」

「沒什麼，我承認並不是一個很受歡迎的傢伙。」程傑露出一副滿不在乎的模樣來，「同學們都討厭我，你不在A班，所以你不知道。當然一部分是因為我自封為秋之楓中學的名偵探，總是到處揭別人的底，所以招致怨恨；而另一部分原因，就是因為我的性格——我不懂得去

討好別人，也不夠爽快，總是板着一副嚴肅的嘴臉，讓人看着也不愉快。所以在秋之楓中學讀了兩年書，我一個知心朋友也沒有。」

這一刻，倩倩突然感到程傑和自己很相像。

「不過那沒有什麼大不了的。」程傑繼續道，「對我來說，什麼友情啊知己啦都不重要，重要的是實現我自己的夢想。」

「夢想？」倩倩重複道。

「就是當個明察秋毫的名偵探，這就是我的夢想。每破一宗案件，我就會感到莫

名的滿足，因為我向大家證明了自己的能力⋯⋯啊不，應該說是我向自己證明了自己的能力。能實現這個夢想就足夠了，除此之外，我不需要什麼朋友。」

這下倩倩終於知道，程傑為什麼對自己的出現充滿敵意了。對於他來說，當個名偵探，將犯事的人繩之於法，就是他人生中最重要的事情；而倩倩作為一個更有名、破案經驗更多的偵探，卻可能會威脅到他的地位，讓他無法成為秋之楓中學最好的大偵探，從而無法實現自己的夢想⋯⋯

倩倩之前可不知道，原來破案對程傑來說是如此重要的。

準確點來說，程傑是希望通過成為名偵探，來彌補自己結交不了朋友的遺憾；而倩倩雖然也是同病相憐，但是，至少她還有婉瑩和均均。

想着想着，倩倩暗暗下了一個決定。

雖說美寶老師讓他倆一起調查這宗連環『謀殺案』，但她必須緊記程傑才是主角，自己只是他的助手而已；在接下來的調查裏，她將無條件地接受他的指揮，配合他的工作⋯⋯無論程傑是不是秋之楓最好的偵探，他需要這個名譽。而不管有意無意，倩倩也不打算再和他競爭了。

「這個，給你。」只見倩倩從背囊裏拿出一張打印的

A4紙。

「什麼東西？」程傑奇怪地接了過來。

「是中四B班同學在星期二案件發生時的不在場證據名單。」倩倩指着紙上的表格，「標有紅色的人名在當時去向不明，並沒有不在場證據，你可以往這個方向進行調查。如果⋯⋯你還有什麼想知道的，我都可以幫你查，你就專心思考案件的真相吧。」

程傑望了她半晌。

「謝了。」他好不容易說道。

儘管沒有說道歉的話，但兩人總算是冰釋前嫌了。

就在這時候，喇叭裏傳來新的伴唱音樂，喧嘩中的同學們聽後都停了下來。

「這是什麼歌啊？」有人喊道。

「從沒聽過⋯⋯」

「怎麼感覺上是十年前的流行曲，到底是誰點的啊？」

「是我。」只見程傑微笑起來，舉手道。

大家都盯着他看，似乎在觀察什麼怪物。要知道在他們唱K時，從不會有人點這種老掉牙的歌，對這些新新世代青年來說，即使點唱的是兩個月前的歌都已經out了，何況是十年前的⋯⋯

好的歌就是好的歌，是不會隨年代而失去魅力的，更何況比起現在那種快餐式的K歌文化產物，以前的舊歌恐怕有意思得多。程傑很想說出以上的話，但反正也不會有人明白，所以他只是拿起桌子上的無線麥克風，隨着節奏唱了起來。

沒想到他的歌聲可是出奇的悅耳，咬字有力，而且抑揚頓挫，讓之前那些唱起歌來仿如讀稿的演唱者們不禁汗顏。

巧合的是，同樣「老套」的倩倩也知道這首歌。小時候她媽媽經常播這位老明星的專輯，所以這首歌她也聽過很多次了，已經是耳熟能詳。所以這刻她也隨着節奏晃着頭，有時甚至跟着程傑小聲和唱。

一曲唱畢，大家都不禁被程傑的歌聲折服，鼓起掌來。

「真不錯啊！」倩倩拍了拍他的肩頭，「我說你應該去參加歌唱比賽。」

「參加過啦，」程傑望着她，「只是唱了不到一分鐘就被叮下台了。」

「吓？怎麼可能？」

「估計是評判嫌我唱的歌太舊了吧。」他笑道。

但沒想到因為程傑的關係，接下來同學們都爭相點唱

起舊歌來，歌曲越點越舊，有人甚至連聽也沒聽過的粵曲都點了，這天的活動迅速變成「懷舊金曲夜」，而現場唯一熟悉老流行曲的倩倩和程傑，也就一首接一首地唱個不亦樂乎……

　　倩倩想不到這晚會玩得那麼開心。

第八章 又一名受害者

星期一，上學日。

秋之楓中學的小賣部比香港大部分便利店都要袖珍，又小又暗，佔地僅一百多平方呎，瑟縮在學校操場的角落裏，如果不仔細看的話，肯定會以為是間雜物房。在這裏基本上買不到什麼像樣的東西——過期的糖果、口感如紙皮的薯片、韌如橡筋的魷魚絲、入手即溶的朱古力、沒氣泡的可樂……可以說，在這裏唯一能勉強下肚的，就只有三文治了。

儘管不是很新鮮，而且基本上是冷冰冰的，但它絕對是同學們的首選。

這裏的三文治種類只有一種：腿蛋治。由於做起來很麻煩，所以是「限量供應」的，每天的供應量不會超過十個。

因此，如果能在小賣部買到三文治，就會被視為幸運的象徵；而據說如果連續五天都在這裏買到三文治的話，再許個願，這個願望就會成真……好吧，那肯定是胡扯，但這從另一個角度反映了三文治的珍貴程度。

　　整整一個星期沒有吃早餐後，婉瑩今天終於忍不住了……

　　營養學家說過，為了節食不吃早餐，絕對是不健康的。這種說法現在也在婉瑩身上應驗了，今早上學的時候，婉瑩只感到餓得發慌，甚至出現了幻覺，各種食物的幻影開始在眼前到處飛舞……

　　於是婉瑩一進學校便從倩倩和均均身邊跑開，以百米飛人的氣勢衝過籃球場，來到小賣部前，舉起手就對老闆娘喊。

　　「麻煩你！一個三文治！」

　　「我要一個三文治！」沒想到另一個女孩也在喊着同樣的話。

　　婉瑩往她望去，赫然發現對方就是自己的鄰桌──楊麗琪。

　　「是你。」這個紅透半邊天的歌手冷淡地說，「你怎麼總是要跟我爭？」

　　婉瑩來到秋之楓中學的這一個多星期裏，她的人氣直線上升，完全蓋過了楊麗琪的鋒芒。但事實上，楊麗琪受到同學們冷落，卻是她自己一手造成的──她耍大牌、拒人千里之外的行為，讓大家都遠遠地躲着她。當然，楊麗琪對這些都並不了解，她只知道，當既美麗又開朗的

婉瑩來到中四B班後，她就不再受到同學們的歡迎和敬仰了……

婉瑩這刻只對她的話感到莫名其妙，反駁道：「什麼跟什麼啊？什麼叫做總是跟你爭？我今天才第一次在這裏買三文治呢。何況，是我先來的！」

「我先來的，老闆娘，先把三文治給我！」

「是我先來的！」

「不，是我先來的！」

小賣部的老闆娘看看這個，又看看那個，好不容易說話了：「其實呢，嚴格來說是這位染着金髮的女同學先來的，儘管只是先來零點零五秒。」

「你偏心！」楊麗琪生氣了，用手叉着腰，望向別處。

婉瑩只好說：「唉，算了，誰先來又有什麼關係？反正都可以買到三文治……」

「真不好意思，」老闆娘忙道，「今天的三文治只剩下最後一份了……」

聽到老闆娘的話，楊麗琪馬上掏出錢包，對老闆娘說：「我出十倍的價錢，你把這最後一份三文治賣給我。」

「你怎麼能這樣做？太過分了，仗着自己有錢就胡作非為！」婉瑩指責道。

「價高者得，又有什麼問題？」

「呃，這個。」老闆娘一陣猶豫，然後說，「這可不合規矩。不好意思了，楊麗琪小姐。」

說着，她把全店最後一份三文治交到了婉瑩的手上。

「謝謝，幸好老闆娘大公無私。」婉瑩說着一臉勝利地往學校大樓走去。

「可惡！你給我記着！」楊麗琪則在她身後叫道。

於是，這個平靜的早上發生在小賣部的鬧劇就這樣落幕了。但接下來所發生的事，卻讓人始料不及……

婉瑩很快就回到課室，課室裏人還不多，當她把書包和三文治隨便地塞進課桌裏後，就拿起她的專用水瓶，從後門離開了課室。每天早上，她都要到學校三樓的飲水機前裝水，這是她在開學以來的這幾天裏迅速養成的習慣，在裝水的同時，她還會和在場的同學們聊聊天，談天說地，胡扯一通。

婉瑩才剛離開，一個人便偷偷摸摸地接近了婉瑩的桌子。

在周末剛剛過的第一天早上，課室裏不多的同學大多都迷迷糊糊的，不是趴在桌子上打瞌睡，就是盯着黑板發呆，比較清醒的也在專心致志地看報紙、吃早餐，根本就

不會注意到其他人在幹些什麼。

一再確認沒有人看見自己後，這個人伸出手，把婉瑩的三文治從課桌的抽屜裏掏了出來……

當一切都完成後，這個人便悄悄地退場了，沒有引起任何人的懷疑……

此時楊麗琪從前門進入了課室裏。沒滋沒味地吃了幾顆魚蛋後，此刻她仍然感到飢腸轆轆。都是那個趙婉瑩的錯，她心裏這樣想，這個丫頭先是和她爭名氣，現在又跟她爭三文治，而且最氣憤的是，每次都讓她成功了。

一定得給她一個什麼教訓……帶着這樣的想法，楊麗琪繞過婉瑩的課桌，坐回自己的座位裏。

很快，她一眼便看見放在婉瑩課桌上的三文治。

她馬上就皺起了眉頭來。看來這個婉瑩有意要激怒她，她想，竟然把搶回來的三文治大剌剌地放在自己的桌子上，連藏也不藏，這明顯是要向她耀武揚威嘛。

但轉念一想，楊麗琪卻又笑了起來。既然婉瑩這樣可惡，她也不打算客氣下去了——她要婉瑩為自己的行為付出代價。

於是楊麗琪伸出手來，拿起婉瑩桌上的三文治，把它據為己有。而且，她打算現在就要把它吃掉，那麼當婉瑩回來時，要後悔也來不及了。

一邊把三文治的包裝紙打開，她還一邊心想婉瑩這次絕對是聰明過頭，本來是想激怒她，現在卻把三文治拱手相讓了，真是個笨蛋。

想着她便咬下一大口。

「啊！」

當尖叫聲從課室的角落傳出來時，正在閉目養神的倩倩被嚇得不輕，幾乎整個人跳了起來。她睜大眼睛，連忙搜索聲音的來源，卻看見課室另一邊的楊麗琪正一隻手蓋着嘴巴，一隻手捂着喉嚨，眼裏充滿了淚水，一臉痛苦的樣子。

幾個同學關心地上前詢問。

只聽見楊麗琪含糊不清地喊道：「水！我要水！」

現在她已經變得滿臉通紅，用力地呼吸着，似乎透不過氣來。班長徐嘉明捧着一瓶蒸餾水跑了過去，把水遞給她。

楊麗琪接過水，幾口便喝下了半瓶，但臉色仍未好轉。

「到底是怎麼回事？」有同學問道。

「喉嚨……好痛……不能説……不能説話……」楊麗琪的眼淚嘩嘩直流。

倩倩走到眾人身旁。這時她看見掉在楊麗琪桌上，那

塊吃了一口的三文治。她隱約地察覺到了什麼，馬上把三文治拿起來，仔細查看着。

「果然。」倩倩自言自語道。

只見在三文治的包裝紙裏夾着一張小小的紙條。

「幸好這不是真的毒藥。恭喜你成為這宗謀殺案的受害者。兇手字。」

上面這樣寫道。

這是第四宗「兇案」了，又一名受害者。

「這⋯⋯到底發生了什麼事？」婉瑩拿着水瓶子從人裏鑽了出來，看看楊麗琪，又看看倩倩手上的三文治，「咦？那個是⋯⋯」

「你看見過這件三文治嗎？」倩倩連忙問道。

婉瑩點了點頭，然後把早上發生在小賣部的事情敍述了一遍。

「麗琪，這個三文治，是你從婉瑩那裏拿的嗎？」倩倩望向楊麗琪。

只見她先是遲疑了一下，然後擦着眼淚，點了點頭。

倩倩小心地把三文治的麵包打開，湊近鼻子聞了聞，立即就有一股異常刺鼻的氣味傳了出來，讓倩倩不禁把頭往後縮了縮。

「好嗆鼻的味道，如果我沒弄錯的話，是濃度很高

的辣椒素。」倩倩神情嚴肅地說，「高得足以讓喉嚨燒傷。」

「到底……這個……我不明白。這一切都是怎麼回事？」婉瑩問。

「婉瑩，這第四個受害者本來就是你啊。」倩倩歎着氣說，「在你離開的這段時間裏，『兇手』避過大家的耳目，偷偷把辣椒素和紙條放進你的三文治裏。但沒想到陰差陽錯之下，楊麗琪卻吃下了三文治，替你受了罪。」

楊麗琪想說些什麼，但剛張口就痛得不得了，忍不住哭了起來。

「嗚嗚……我……我的……演唱會……」她邊哭邊斷斷續續地說。

「噢，天啊。」婉瑩的心打了個「突」，「幾天後就是……」

這時同學們都想起來了，就在這個周末，楊麗琪即將在紅館舉辦她的首個演唱會。為了這萬眾期待的一天，她不知道已經準備多久了，但就在個唱舉行的前幾天，她竟意外把歌手們視為生命的喉嚨燒傷了……

楊麗琪此刻已經哭得不能自已了。雖說自己也曾在眾多地方演唱過，可是在紅館開show，站在星光熠熠的舞台上，接受成千上萬的歌迷歡呼，卻是自己從小就一直夢

想的事情。但現在她卻因一時意氣用事，讓自己的喉嚨燒傷，甚至可能讓自己失去開個唱的機會。想到自己無法向經理人和歌迷交待，而接下來八卦雜誌又不知道會說什麼難聽的話，這刻她感到越來越絕望了。

而更糟的是，趙婉瑩肯定會幸災樂禍地諷刺自己一番，她肯定會大笑著說：誰叫你吃我的三文治？哈哈，現在得到報應了吧，竟然自投羅網做了我的替死鬼，你這個笨蛋……

沒想到婉瑩的話正好相反。

「麗琪，放心吧。」婉瑩坐到她的身邊，扶着她說，「還有好幾

天，你的喉嚨肯定會好起來的。」

楊麗琪抬起頭來，不敢相信自己的耳朵。

「我……」她聲音沙啞地吐出一個字。

「千萬不要喝冰水，那會有反效果的。」婉瑩接着說，「先喝點牛奶解辣吧，之後可能要喝點鹹柑桔，可以治療失聲……啊不，還是先去看看醫生比較好，把喉嚨弄傷說不定會發炎，還是先聽聽醫生怎麼說。來，我帶你去校醫室。」

說着她向楊麗琪伸出手來。

楊麗琪望着她，對婉瑩的態度感到難以置信——幾分鐘前，她們之間還充滿了敵意，但意外發生後，婉瑩不但沒有落井下石，還主動幫助自己……

楊麗琪的眼睛又濕潤了，不知道是因為喉嚨的刺痛，還是其他的什麼原因。

她站了起來，讓婉瑩扶着自己，離開課室，緩緩往校醫室走去。

眾人漸漸散去了，課桌前只剩下倩倩，和趕來支援的均均兩人。

「均均，立即去中四A班找程傑和李曉培，」倩倩神情凝重地說，「我們不能再讓這種事情發生下去了，必須馬上把這個可惡的『兇手』揪出來！」

秋之楓「連環謀殺案」的調查小組在這天中午開了一個簡單的會議。

　　會議在學校五樓的學生會專用會議室舉行，和上次在薄餅店開會相比，這次會議要專業得多，也嚴肅得多。當然了，發生在秋之楓中學的這系列惡作劇有越演越烈的傾向，由當初的紙盒砸頭，到現在用辣椒素來燒傷受害者的喉嚨，作案者已經遠遠玩過了頭，是時候要把這一切都停止了。

　　「三文治裏的的確是辣椒素，」李曉培望着手上的筆記說，「我找理科的一位師姐確認過了，防身用的胡椒噴霧也是用這種物質，它會刺激人的皮膚和黏膜組織，雖然一般來說不會對人造成永久傷害，但疼痛就難免了。」

　　「而且犯人還可能害楊麗琪失去個唱的機會呢。」均均發話了。

　　「不，公平點來說，犯人的目標本來也不是楊麗琪。」倩倩提醒道，「按照犯人的計劃，本來就是婉瑩因辣三文治失聲一段時間而已，沒想到卻把楊麗琪捲了進來，使這場惡作劇變成了名正言順的悲劇。」

　　「她的情況還好嗎？」程傑問道。

　　「婉瑩還在陪着她哩，醫生給她開了一點抗生素，現在她的喉嚨已沒那麼痛了；但接下來她到底趕不趕得上在

個唱開演前恢復，就聽天由命了。」

「這次犯人真是太大膽了，竟然就在我們眼底下犯案。」均均捶着桌子，「我不敢相信，有一個傢伙就在婉瑩桌前往三文治裏下毒，卻沒任何人發現。」

「我覺得這證明了犯人是中四B班的學生。」李曉培說。

「為什麼這樣說呢？」

「如果有一個陌生人在班裏呆着，不是會很顯眼麼？肯定有人會注意到的！但如果是班裏認識的人，大家就懶得去留意了。」

「這也不一定吧。」倩倩想了想，「無論哪個班的人都是穿着相同的校服嘛，而且婉瑩的座位幾乎就在課室的最後面，而課室是有個後門的，只要大家不往後看的話，也不會注意到陌生人的存在。」

這時程傑清了清喉嚨，說：「不，我的意見和李曉培一樣，犯人應該是中四B班內的人。你想想，犯人要把辣椒素放進三文治裏，首先就要走到課桌前，把三文治取出，打開包裝袋放進紙條，再揭開麵包倒進辣椒素，然後還要把包裝紙仔細地按原樣包上⋯⋯這得花多少時間啊？首先在別人的座位上搗弄這些很可疑不說，如果萬一趙婉瑩或楊麗琪回來了那就被當場抓住了，犯人絕不會冒

險在別人的課桌前逗留那麼久。那這人該怎麼辦呢？很簡單——就在自己的位置裏『下毒』。犯人先趁機把三文治偷到手，然後回到自己位置上，在課桌的抽屜裏把辣椒素放進三文治裏，這時候即使有人注意到犯人，也不會產生太大的懷疑；而如果萬一有人回來的話，犯人還可以索性中止行動，不把三文治還回去。也就是説，犯人只要裝作路過，接近婉瑩的課桌兩次，每次不超過三秒，就可以成功犯案了。」

程傑的推理讓倩倩也不禁點了點頭。

「那我們暫時假設，犯人就在中四B班裏吧。」她説。

「美寶老師綠茶案發生後，關於中四B班學生在那天的不在場證據，現在已經有最終結果了。」均均高舉着手中的筆記本，搶着發表調查結果，「經過各種明查暗訪，將沒有可疑的同學一一刪除後，中四B班裏的嫌疑人只剩下三個了。」

「是哪三個？」李曉培忙問。

「這三個人，在美寶老師的杯子被下毒的那個小息裏，皆獨自一人，沒人能證明他們身在何處，也不能確定他們有沒有去過教師辦公室，皆有作案的可能。這三個人分別就是——一號：徐嘉明；二號：楊麗琪；三號：温學

110

晴。」

當程傑聽到最後一個人的名字時，眼睛突然一亮，他似乎認為誰是兇手這個問題的答案已經呼之欲出了。

「這三個人那時都到哪裏去了？他們本人怎麼說？」李曉培說。

「班長徐嘉明聲稱他在那天小息時，到二樓的雜物室去了，去影印文件。」

「很可疑嘛。」李曉培用手摸着下巴，「二樓的雜物室的確有影印機，但到一樓的影印室去不是更好嗎？他為啥不到那裏去？這說不定是託辭，要知道，出事的教師辦公室就在隔壁哦。」

「他說他突然有一份學生名單要影印，而一樓的影印室說不定人很多，反正二樓的雜物室也有影印機，所以……」

「仍然是很可疑。那麼第二個呢？」李曉培想了想，「楊麗琪，可以把她從嫌疑人名單裏刪掉了吧，她可是案件中的最大受害者哩。」

「我們也不能忽略她。」倩倩卻道，「我們也不能排除她作案的可能，她的說法是，那天她肚子不舒服，所以在洗手間裏呆了整個小息，但沒有同學能證明這件事。而如果她就是『連環兇殺案』的主犯的話，她說不定會特意

讓自己成為受害者，以消除自己的嫌疑。何況，如果是她在吃三文治前把辣椒素加進去的話，那就可以解釋為什麼沒人注意到『兇手』犯案了。」

「我覺得這樣想是毫無必要的。」程傑這時說道，「難道為了消除她那點微不足道的嫌疑，就要冒險讓自己失聲？這可不像她。更何況，我們不是已經有一個現成的嫌疑人了嗎？」

「溫學晴？」倩倩瞪着眼睛。

「對，溫學晴。」程傑認真地說，「你不認為她在三個人之中，最有犯案的可能嗎？」

「我想這不應該靠猜測吧，而是應該看事實和證據。」倩倩呼了一口氣，「我希望你不會對她產生偏見。」

「好吧，那我就先假定她是清白的，那我們這位清白的聖人說她那天小息時到哪裏去了？」

倩倩不滿地瞪了他一眼。

「呃，」均均望了望筆記本，「溫學晴說她那時候到小賣部去了。不過……我們為此詢問過小賣部的老闆娘，她一口咬定那天小息沒見過溫學晴。」

「說不定……是老闆娘記錯了呢。」倩倩忙道，「你知道，每天小息到小賣部去的有多少人啊，說不定是她看

漏了嘛。」

「不，我肯定她沒有到過小賣部。」程傑皺起眉頭。

「你怎麼會知道？」

「因為就在案發的那個小息，我曾到中四B班找溫學晴談了兩句話……」

「你找她談什麼？」均均好奇地問道。

「這和案件關係不大，而且請你先讓我講完。」程傑有點不高興了，「找溫學晴談話後，我直至打鈴為止，一直都呆在中四B班裏跟一個舊同學聊天，期間我發現溫學晴不見了，離開了課室，直至打鈴前一分鐘才回來。而且，最重要的是，回來時她手上並沒有拿着任何食物或飲料——如果她真的是到小賣部去，為什麼不買任何東西呢？」

「她離開了……多久？」倩倩不禁問。

「三分鐘左右。」

「三分鐘足夠到美寶老師的辦公室裏下毒了。」李曉培自言自語地說，「相反要到小賣部買東西的話，三分鐘太短了，因為小賣部在籃球場旁，來回就已經用了三分鐘，何況還要排隊呢！和其餘兩人比起來，溫學晴的嫌疑真的很大。」

「但是……」倩倩欲言又止。

倩倩真的不希望溫學晴是兇手，雖說這個女孩從開學至今，跟自己所說的話不超過十句，對自己也不怎麼友善；但倩倩知道她只是表面上很兇，內心還是挺善良的，似乎不會做出在別人的食品裏下「毒」這樣過分的事情。

　　但不能否認，此刻她的嫌疑最大。

　　「溫學晴是中四級裏著名的『問題學生』，」程傑說，「喜歡跟同學們過不去，經常跟老師們頂嘴，功課又不交，一天到晚憤世嫉俗的樣子，說不定她認為整個世界都對不起自己，所以通過各種惡作劇來報復……」

　　「這全都是你瞎編的吧，」倩倩有點生氣地說，「我看你已經完全把她當作犯人了，你這樣想太武斷了。你之前就一直針對她，上次婉瑩的桌子被弄髒的時候，你不也是一口咬定說是她幹的嗎？結果很快就證明了她的清白。在那天小息裏的三個嫌疑人皆有不可靠的不在場證據，為什麼你就只懷疑她呢？」

　　倩倩說畢後，程傑沉默了，而李曉培和均均也是互相乾瞪着眼不敢說話。

　　「倩倩小姐，」只見程傑把身體向前俯，「我承認那天是太早下定論了，但我重申，我對她並沒有任何偏見，你知道嗎？事實上，你知道我那天為什麼到B班找溫學晴談話嗎？是為自己的錯判而誠心道歉！我向她道了歉，而她

雖然沒說什麼，但似乎也既往不咎了。這證明我是針對證據的，而不是針對人。你剛才說我對她有偏見，但是你不是也對她產生偏見嗎？即使已經有一些明顯的證據擺在面前，你似乎也認為她是無罪的。這不是偏見是什麼呢？」

這下輪到倩倩無話可說了。

「好吧，」終於她說道，「我承認，她的不在場證據最不可靠。」

「那麼接下來……」程傑有點尷尬地停頓了半秒，「我們將分別請三個嫌疑人來接受查問。我相信真正的犯人遲早會在細節上露出破綻……」

沒想到此時大門外傳來了幾下敲門聲，緊接着，門就被打開了。

說曹操，曹操就到。來人正是中四B班的班長徐嘉明。

「呃，我問過美寶老師，她說你們在會議室，於是就來找你們了。」說着，徐嘉明有點兒不知所措地補充了一句，「你們正在忙嗎？」

「不，我們正談到你呢。」均均露齒而笑。

「啊，真的嗎？談到我什麼？」

「談到要把你五花大綁帶到這裏來盤問，沒想到你自己來了……」

115

均均的話還沒說完，就讓倩倩敲了一下頭。

「你來找我們有什麼事？」程傑說。

「這個……我不知道該怎麼說，」徐嘉明神情閃爍的樣子讓大家覺得很好笑，「我當初有些東西沒說，但我並不是不想說，而是不知道事情會鬧得這麼大，但我是真的看到了，所以就來……」

大家都被班長前言不搭後語的話弄得一頭霧水。

「你到底看到了什麼？」倩倩直接發問。

「教師辦公室的那個人，」徐嘉明組織了一下語言，又補充道，「我知道那天小息時，是誰進了美寶老師的辦公室。」

第九章 「兇手」抓到了？

那是不可能的，倩倩心想，徐嘉明一定是看錯了。

接下來整個下午的課，倩倩都不太專心，只想着中午班長徐嘉明的證詞。

就在那天的小息，徐嘉明獨自跑到二樓的雜物室去，影印一份學生名單。事實上，雜物室就位於教師辦公室的對面，是個不過百呎的小房間，裏面堆滿了舊書籍、舊報紙、清潔用品、備用文具、過時的辦公設備，甚至還有上個月動漫學會舉辦cosplay後留下來的各種服飾。由於一些文具和印章都放在這個房間裏，而且清潔大嬸也經常來，所以這裏並不會上鎖，徐嘉明偶爾也會來使用這裏一部舊的影印機影印文件，不但不用排隊，而且還不用花錢。

那天當他影印完畢後，正要離開，卻透過雜物室大門的小窗戶，看到對面教師辦公室的大門突然被拉開了一半，一個人頭從裏面伸了出來，四處張望着……

雜物室門上的窗戶很小，只有20cm乘以20cm，但窗外的東西還是看得很清楚。一開始徐嘉明還以為那是美寶

老師，但美寶老師又怎會表現得如此鬼祟呢？仔細一看，那當然不是美寶老師，而是徐嘉明的一個同班同學。

那是溫學晴。

當徐嘉明看到她時，她正在透過教師辦公室的門縫向外張望。

但她並沒有看雜物室，當她確認走廊兩邊都沒人注意到她後，便從容地鑽出教師辦公室，裝作什麼都沒發生過一樣，離開了現場。

那個時候徐嘉明並沒有懷疑什麼，他以為溫學晴是去見美寶老師而已，但他始終忘不了她那鬼鬼祟祟的神情……直至「墨水炸彈案」發生，美寶老師把有人在她杯中下「毒」的事情說出來後，他才猛然醒悟，把兩件事聯繫到一起。

不過，儘管如此，徐嘉明還是沒有把事情抖出來。

雖然他是班長，但某程度上來說，他也是一個怕事的人。如果溫學晴因為他而受到了懲罰，同學們說不定會罵他無情無義哩，畢竟又不是什麼大不了的事，只是有人被紙盒砸頭、美寶老師茶裏被放了鹽、中四B班受到了墨水攻擊而已，小孩子般的惡作劇，根本就上不了台面嘛，幹嗎要冒被罵的風險，去告發一個基本無害的同班同學呢？所以，他選擇了沉默，直至「三文治下毒案」的發生。

事情發展至此，已經一發不可收拾。用辣椒素來燒傷別人的喉嚨，這已經構成傷害罪了，何況受傷的人還是當紅的青年女歌手，造成的影響就更大了。萬一這件事讓喜歡捕風捉影的狗仔隊知道，那可沒法用惡作劇的解釋蒙混過去。

這件事必須有個了結，犯事的人必須受到制裁⋯⋯

所以直到這個時候，徐嘉明才把事情説出來。

可是倩倩卻不敢相信。溫學晴？真的是她？是她在美寶老師的茶裏下「毒」嗎？不是！那為什麼她會偷偷摸摸地跑到教師辦公室去？

當然，徐嘉明可能在説謊。可能他才是進入教師辦公室的人，可能他口中溫學晴的事都是無中生有，他只是想轉移大家的視線？

但這想法太沒有説服力了。因為班長並沒有這麼做的動機，而一直表現得像個惡霸的溫學晴才像是個會搞惡作劇的人。雖説目前還沒有物證，但如果現在就有一羣陪審團來為此案作出判決的話，幾乎肯定會一致裁定溫學晴有罪吧？

如果她能找到對溫學晴有利的證據⋯⋯

為什麼她會這樣護着溫學晴呢？倩倩這時自問道。當各種證據都指向溫學晴，大家都對她的犯罪行為深信不疑

的時候，為什麼自己卻唱着反調？

可能是因為她和溫學晴實在太相像了吧——她們都是不太懂得和別人相處的人，經常給人冷漠的印象，但實際上內心還是希望有朋友關心的。如果倩倩她沒有遇上婉瑩和均均這對好朋友，沒有通過到處查案來證明自己的能力，說不定就會變得和溫學晴一樣，厭倦身邊的一切吧。

但倩倩相信無論自己如何受到冷落，也不會通過惡作劇捉弄別人，更不會將自己的快樂建立在別人的痛苦之上。而她相信，溫學晴也不是這樣的人。

所以，她必須替溫學晴洗脫嫌疑！

接下來第一件事要做的是，必須先找溫學晴本人談談，看看她能不能為自己的行動作出合理的解釋……但奇怪的是，溫學晴自中午以後就沒出現過，失去了蹤影，沒有來上課，也沒有人知道她到哪裏去了。

倩倩望向身旁空空如也的桌子，不禁想像着各種可能性……

但她怎麼都想不到，事情會發生得這樣快。

放學的鐘聲剛剛響畢，老師左腳才踏出課室，倩倩的手機就響了起來。

來電的人是李曉培。只聽見她完全掩飾不了自己的興奮之情，用高了八度的聲音對倩倩說：「我想你最好來會

議室一趟，她招認了。」

「招認了？」倩倩一時之間反應不過來，「你在説誰？招認了什麼？」

「溫學晴已經招認了自己的罪行。」李曉培説，「就像程傑所猜測的那樣，那些惡作劇都是她幹的。」

「這不可能。」倩倩斬釘截鐵地説。

「她都親自承認了，什麼叫做不可能？」李曉培笑道，「中午我們剛散會，程傑就決定把溫學晴叫來查問。當我們説到，有人看見她從教師辦公室裏走出來時，她馬上直認不諱，承認自己就是到處進行惡作劇的人。無論是用紙皮磚頭做陷阱、在老師的茶裏下鹽、把氣球炸彈放到吊扇上、在三文治裏放辣椒素，都是她的『傑作』。她平時也是愛找麻煩的人，早就不知道犯過多少規、記了多少小過了。這次她弄出這麼嚴重的事情，我想她也不可能在這間學校呆下去了……」

李曉培還在説話，倩倩已經急不及待地結束了通話，連忙離開課室，往五樓的會議室跑去。

她剛推開會議室的門，便迎面碰上了正要離開的溫學晴。

「你……就是犯人？」倩倩劈頭便問道。

溫學晴沒有説話，只是盯着她點了點頭。

只見坐在會議桌旁的程傑此時站了起來，說：「放心吧，我會向美寶老師求情的。最好的結果是，你私底下向惡作劇的受害者們道歉，而學校的同學們都不要知道這件事……」

　　「不，」沒想到溫學晴打斷道，「就讓大家知道吧，沒有什麼好隱瞞的，要記過就記過、要退學就退學，我一人做事一人當，願意接受任何懲罰。」

　　「好吧，如果你希望的話。」程傑神色凝重地收拾着筆記本。

　　「為什麼要這樣做呢？」倩倩關心地問溫學晴。

　　「沒什麼，我討厭大家、大家也討厭我，於是我就做了，而且這樣做也很有趣。」溫學晴有點不太耐煩地跺着腳，「還有什麼問題嗎？沒有問題的話，我想走了。」

　　說着，她便從倩倩身邊走過，離開會議室，並重重地關上了門。

　　一時間會議室裏都沒有人說話。

　　「又破一件案件了。」李曉培公事公辦地說，「比我想像的簡單呢。」

　　對，太對了，倩倩心想。這案件太簡單了，簡單得讓人生疑。

　　「你們不覺得在這背後還有文章嗎？」倩倩突然道。

「我不明白你的意思。」程傑一臉疑惑，「難道你還不接受現實？她自己也説了，是她做的。難道這還有假的嗎？」

「不，她不像犯人。」倩倩邊想邊道，「你們想想，犯人在惡作劇時用了那麼多的方法來掩飾自己的身分，如果犯人真的是溫學晴，她又怎可能會被你們一問就招認了？真正的犯人肯定會堅持自己是清白的，不會⋯⋯」

「夠了吧，倩倩小姐。」程傑歎了一口氣，「不要這麼糾纏不清下去了，這都是你一廂情願的想法而已。她認罪已是既定事實，案件也結束了。就這樣。」

倩倩雙手握拳，一臉的不服氣。

「我可是名偵探歐陽小倩，一直以來我破了無數案件，對於一個人到底正不正直、有沒有罪，我都從沒判斷錯誤過；而這一次，我也絕對相信自己的判斷，溫學晴是無罪的！」

「如果你喜歡這樣想的話⋯⋯」程傑輕蔑地説。

但倩倩沒等他説完，就已經一支箭似地衝出了會議室的大門。

倩倩跑到四樓的課室，卻找不到溫學晴的蹤影，看來她已經背上書包離開了。於是倩倩迅速往樓下跑去，當她追到學校的籃球場時，溫學晴已經快要走出學校大門了。

「等一等！等一等。」倩倩邊揮着手，邊朝溫學晴跑去。

溫學晴冷淡地轉過身來。

「有什麼事就趁現在説吧，我想我明天應該不會回來了。」她緊皺着眉説，「反正都要退學了，我也不想再回來這間愚蠢的學校，見那些愚蠢的人。」

「溫學晴，」倩倩認真地盯着她的眼睛，「你明明沒有幹那些惡作劇，為什麼要承認罪行？」

「我都説了，我就是……」

「那些都是胡扯。」倩倩激動地説，「有沒有做那些事，你自己知道得很清楚，騙得了程傑和李曉培，騙得了所有人，但騙不了我。」

溫學晴咬着牙，一言不發。

「你根本就沒有做，對不對？」倩倩真誠地問。

「你不明白，你不明白。」溫學晴重複道，「對，我的確什麼都沒有做，我説自己做過，那都是瞎編的。那天我之所以跑到教師辦公室去，只是為了把補做的作業偷偷放回老師桌子上，你知道，我那天早上沒交作業，但後來後悔了，匆匆把幾條選擇題的答案抄上，然後趁老師不在就送進去，僅此而已。至於那杯什麼綠茶，我連碰都沒碰過，更不會在裏面放些什麼怪東西了。」

125

「但你為什麼把從沒做過的事情攬到自己身上？」

「因為我想走，我想離開這兒，既然大家都那麼討厭我，那我就順從大家的意思離開這裏好了。如果我說這件事是我做的話，那就必定會被趕出校。」

「為什麼要這樣想呢？大家都不討厭你啊。」倩倩不解地說。

「不，我就知道大家都討厭我，想我走，」溫學晴忿忿不平地說，「依我看，這些什麼惡作劇都是同學們一起搞弄出來的，時機一到就把罪名推給我，讓我難看。好啊，既然大家都做得那麼絕了，我也認命了，我離開就是。」

「你這樣想太偏激了，」倩倩搖了搖頭，「怎可能有人做出那些事情，只是為了讓你走？同學們或許有點冷落了你，但他們並不恨你啊。」

「他們就是恨我。」溫學晴只是堅持道。

「好吧，至少我就不恨你。」倩倩說。

溫學晴怔住了，然後不禁淺淺地笑了一笑。

這是倩倩第一次看見溫學晴露出笑容。

「重要的是，」倩倩繼續說，「你沒有做，就是沒有做。如果你承認那些罪行的話，即使離開了秋之楓中學，你的人生還是會蒙上污點，從此人們都會以為你是一個以

126

別人痛苦為樂的人，你希望大家一直都戴着有色眼鏡看你嗎？」

「我不知道。」溫學晴半轉過身去，望着秋之楓校舍，校舍在黃昏陽光的照射下彷彿披上了一層金黃色的薄紗，「但我已經向程傑招認過，現在改口說自己是清白的話，他肯定不會相信我。」

「因此，我一定會把真正的犯人揪出來！」倩倩自信滿滿地說，「相信我吧，我說到做到。」

溫學晴望着倩倩，好不容易才說道：「嘿，你知道麼，或許你這人並沒有我想像中那麼糟。」

「彼此彼此。」倩倩則笑道。

只見溫學晴瞪了她半晌，幾秒鐘後，兩人便不約而同地哈哈大笑起來。

她們之間的各種誤會和隔膜，也隨着笑聲而煙消雲散了。

最後，兩人坐到籃球場的觀眾席上，聊起天來。

倩倩把她和程傑一直以來的調查所得，都一字不漏地告訴了溫學晴，還加上了自己的分析和還未成熟的推斷；後來當話題的方向慢慢轉到溫學晴身上時，溫學晴甚至把自己一直拒人千里之外的原因說了出來。

溫學晴的家庭並不富有，父母為了維持家庭生計，

經常不在家，因此生活中的各種大小事務都是由她一手包辦，煮飯、掃地、洗衣服，還要照顧只有兩歲的弟弟，後來她還利用餘暇時間出外做兼職，賺錢養家。這些都造就了她那異常獨立，甚至有點兒彪悍的性格。

有這樣的性格並無不妥，但因為這種性格，溫學晴說起話來並不懂得繞彎子，總是直來直去的，不知不覺間讓自己跟別人產生了距離；而且她也聽不懂別人那些多姿多彩的話題，什麼新手機啦、時裝啦、潮流玩意啦，就連娛樂新聞她也不常看，於是大家都嫌她太outdated，而將她排除在圈子之外。

本來溫學晴對此並不介意，仍然對任何人都表現出友善的態度，可是發生在學校裏的一件事卻改變了她的看法。

這件事，發生在她轉校來秋之楓中學之前。在她的班裏，有一個家裏比較富有的男孩，他不但高傲、橫蠻，而且還喜歡欺凌弱小，他總是仗着自己有錢，要一些崇拜他的同學當「小弟」，幫他做功課、幫他買零食、幫他拿書包，甚至在考試時把答案遞給他抄……當時頗有正義感的溫學晴，一直都對他的所作所為感到不滿。有一次，這個富家子因為嫌某個「小弟」送來的小食不合心意，對「小弟」大打出手，終於把溫學晴給惹怒了；她衝上前去就是

一陣漫罵，直指這個富家子恃財傲物、沒有良心，直接就把他罵哭了，就差沒跪地求饒。同學們看見這情況，都紛紛拍手稱快。

自從這一次後，那個富家子就收斂了不少。溫學晴以為在她一罵之下，終於把這個人罵醒了，不禁高興起來，但是她卻高興得太早了。一個月後的某個早上，她突然被班長帶到班主任面前，在她還沒搞清楚狀況之前，就發現自己被指控偷竊同學的財物！而且指控正是由那個富家子提出的，他說自己一隻價值過千的電子錶不見了，還有人聲稱看見是溫學晴從他桌子上拿的。溫學晴自然堅稱自己是清白的，還同意富家子搜查她書包的提議，因為她根本就沒有拿他任何東西。可是，出乎她的意料之外，班長竟在她的書包裏找到了那隻手錶！

接下來的事情就別提有多可怕了。溫學晴雖然據理力爭，但無論是同學，還是老師，都認為就是她偷的手錶。儘管在溫學晴父母多番低聲下氣的求情後，富家子才答應不提出控告，把事件平息；但從此以後，同學們就更排擠溫學晴了，甚至那些以前比較談得來的人，也「小偷」前「小偷」後地稱呼她，讓她每天都既委屈又心痛。

當然事情的真相，至少對於溫學晴來說，是顯而易見的。當時所謂看見溫學晴偷東西的證人，正是富家子的

「小弟」，而把手錶放在她書包裏的，也肯定是他的人。正是那個富家子，為了報一罵之仇，教唆「小弟」誣告溫學晴。後來這些人甚至在班裏製造各種傳言，故意抹黑溫學晴，説她自小就是個偷竊慣犯，還説她曾經被判進感化院，失實的傳言滿天飛，甚至讓她無法在原校呆下去了。結果，溫學晴才轉校來到了秋之楓中學。

這已經是一年前的事了。然而，經此一事，溫學晴就不再相信別人了；因為當她蒙上不白之冤時，沒有人相信她。因此，她才會擺出一副生人勿近的態度，寧願孤獨一點，也不讓自己受到朋友的傷害⋯⋯

當溫學晴説完這一切後，天也已經半黑了。溫學晴最後望着天空，感歎着説：「所以那天趙婉瑩的課桌被潑墨，你幫我洗脱了罪名後，我就對你改觀了。嘿，我想我欠你一個正式的感謝，無論是潑墨那次，還是今天這次──謝啦。」

「這是我應該做的啦，別謝我。」這下倩倩不好意思起來了。

「我都開金口説謝謝了，你竟然不領情？你這傢伙⋯⋯」

「好好好，我接受你的謝意。」

「我不但要謝你，」溫學晴微笑道，「我還要讚

你——你是秋之楓中學最好的偵探，你是全香港最好的偵探，你是全世界最好的……等等，這還不夠，你想聽聽更浮誇的讚美嗎？」

「還有比『全世界最好』更浮誇的嗎？」倩倩問。

「有。」溫學晴歎了一口氣，望着遠處，「如果你一年前跟我讀同一間學校，同一個班的話，我早就沉冤得雪了。」

「謝謝。」倩倩開懷地笑了，「這可是最好的讚美。」

接下來兩人都不說話了，但這種氣氛並不會讓倩倩感到尷尬，她們就彷彿相識多年的知己，只需要坐在一起，什麼都不說也可以度過一整天。

「對了，」最後還是溫學晴打破了沉默，「如果萬一你找不到其他兇手了，而所有證據都指向我，你還會相信我嗎？」

「相信啊。」

「我要更有力的保證。譬如說……你一定毫無保留地相信我，如果稍微對我有丁點兒懷疑的話，就讓你耳朵長在額頭上！」

「你好毒啊！」倩倩驚呼，「能不能換個容易接受一點的啊，例如從此之後雙眼皮變單眼皮之類的。」

「不能，那太沒阻嚇力了。」

「從此得腳臭？」

「也不能。」

「哪你想怎麼樣？」

「從此找不到男朋友。」

「哇。」倩倩做了個鬼臉，「你怎麼一個提議比一個毒。」

「因為『你相信我』對我來說，是世界上最重要的事啊。」只見温學晴一臉的認真。

於是倩倩也跟着認真了起來。

「當然，我絕對相信你。」她點了點頭，「而我也要你相信我——我一定會把那個真正的犯人揪出來！」

第十章　晚餐桌前的談話

「喂，你會不會太遲了點。」當倩倩坐到座位上後，婉瑩這樣抱怨道。

「我在和溫學晴聊天嘛。」倩倩則呢喃着，看起了餐牌來。

倩倩他們老早就決定這天晚上到西餐廳吃飯了，於是倩倩在學校大門和溫學晴分別後，便風風火火地趕到了城市的另一端來。

「你和溫學晴聊天？」婉瑩聽後瞪大了眼睛，「她沒發瘋咬你吧？」

「嘿！你別這樣貶損她。今天她差點就成了案件的替罪羊，但我勸她堅持下去：我相信她是清白的，而我也會找出真正的兇手來幫她洗脫嫌疑。」倩倩望了正疑惑着的婉瑩一眼，「別一臉不可思議的樣子嘛，我們以前可能不太咬弦，但現在我們已經互相諒解了。」

「這也沒什麼好奇怪的嘛。」只見均均說，「姐姐你不也和楊麗琪這個冤家成了朋友嗎？」

「等等等等等，」婉瑩連忙阻止道，「什麼朋友？你

不要亂説。」

「不要否認了啦，今天意外發生後，你不是對她很關心嗎？」倩倩説。

「我只是不忍心看見她因此失去個唱機會而已，」婉瑩解釋，「何況她是替我受的罪啊，如果不是她替我擋了一擋，現在失聲的可是我哩……」

「説起來，她的情況怎麼樣了？」

「還算好啦，剛剛她才打過電話給我，她已經可以勉強説話了。」婉瑩歎着氣説，「但她的聲音在個唱前到底能恢復到什麼程度，仍然是未知數。」

「老實説，只是場演唱會而已，延期不就好了嘛。」只見均均擺出一副什麼都知道的樣子説。

「怎麼延期？」婉瑩喊道，「門票在半個月前就已經賣光了，只可能退票。唉，要辦演唱會可是件很不容易的事情，錯過了這一次，下次就真的不知道要等到什麼時候了。更何況這可是她自小的夢想，我真的不希望她的夢想就因為這件三文治而毀於一旦。」

「呃，」均均連忙湊到倩倩面前，「我覺得姐姐此刻表現得太善良了，和平時相比簡直是判若兩人！你説這個婉瑩姐姐會不會是假冒的？」

「對哦，太可疑了。」倩倩也配合着説，「試試把一

134

個十元硬幣丟到地上，如果她兩眼發光跑着去撿的話，肯定就是原裝正貨……」

「喂！我聽得見的。」婉瑩用力敲了均均的頭一下。

「哇，好痛，不是正常人能打出的一拳，沒錯，這絕對是婉瑩姐姐本人！」均均捂着頭一臉痛苦。

「我關心楊麗琪又怎麼了。」婉瑩抿着嘴說，「當我在網上查過她的資料後，才知道她是個很了不起的人。你知道嗎？楊麗琪有兩個姐姐，一個是空姐，一個是模特兒，每個姐姐都比她漂亮、比她聰明、比她賺到更多的錢，自小她就在兩個完美姐姐的陰影下生活，她有多自卑，多希望自己能出人頭地啊。好不容易在新星歌唱大賽裏取得冠軍，在娛樂圈裏混出了名堂，但剛剛得到辦個唱的機會，就發生了這樣的事情……唉，要是讓我知道是誰放的辣椒素，我一定狠狠教訓這傢伙一頓。」

雖然嘴巴不肯承認，但倩倩和均均都知道，婉瑩已經和楊麗琪成為朋友了。

「我說呢，今天真是個好日子啊。」均均笑道，「已經連續有兩對冤家解開彼此的心結了，厲害厲害。」

「那你呢？」倩倩問道，「你和那個徐嘉明相處得怎樣？」

「他除了偶然罵我神經病，偶然詛咒我，和多次求神

拜佛要我在他面前消失之外……還相處得不錯。」均均看着菜單漫不經心地説。

「別把他弄死了哦。」倩倩的説法就像在談一隻倉鼠之類的寵物。

「嗯。」説着均均又翻過一頁菜單，「好啦，我們不要再談有的沒的啦，快點餐，我已經餓得肚子咕咕叫了。我決定要這個雞扒套餐！而比奇則要一個法國雜菜沙律走沙律醬……」

「呃，我説，你不會是把比奇帶來了吧？」倩倩冷汗直流。

本來一直趴在均均大腿上的小豬比奇，現在卻從桌子下伸出了鼻子來，呼嚕呼嚕地聞個不停，看來牠也肚子餓了。

均均把比奇抱到桌子上，讓牠四處走動，只見牠一會聞聞碟子，一會又聞聞刀叉。

「牠當然也要來啊！你也想吃西餐對不對？對不對哦？」説着均均一邊做着鬼臉，一邊扭着比奇的雙耳。

「繼續看餐牌，裝作什麼都看不見。」婉瑩提醒倩倩道。

「這餐廳能把寵物帶進來嗎？」倩倩驚訝地説。

「這個嘛，」均均支支吾吾地説，「我只聽説過不能

帶狗，沒說不能帶豬。」

「也沒說不能帶大笨象哩。」婉瑩頭也不抬地說，「好啦，我已經決定了，就要這個豬扒套餐，再要這個德國香腸……」

這時，只聽見比奇「嗚」的一聲，立即躲到均均身旁。

「喂！你啊，怎麼能這麼殘忍。」均均大聲叫道。

「怎麼啦？」婉瑩奇怪地問。

「我不是講過嗎？比奇在的時候不能吃任何和豬有關的食物，就連提也不能提！」均均義正辭嚴地說。

「我以為那只是在家裏，拜託，出外吃飯也是？」

「當然！你看，你把牠嚇壞了。」均均心痛地摸着比奇的頭，只見牠可憐巴巴地望着婉瑩，似乎在看一頭食人獅子。

「好啦好啦，我點其他菜就是。」

「這還不夠，」均均說，「你還得向牠道歉。」

婉瑩怔了半天。

「你要我，向一

隻豬，道歉？」婉瑩覺得自己快要瘋了。

均均則非常非常認真地點了一下頭。

無奈歸無奈，但誰叫婉瑩有這麼一個古怪的弟弟？她也只好認命了。只見她盯着比奇的臉，好不容易才忍住不笑，吐出一句話來：「對不起了，親愛的比奇先生，我不該吃你的同類。」

這情景可把倩倩逗得大笑不已。

「這還差不多。」均均滿意地說。

「好啦，比奇乖，」婉瑩碰了碰比奇的鼻子，讓牠打了個噴嚏，「原諒我吧，我回家去給你吃青葡萄。」

「別亂餵東西牠吃哦，我們還不知道豬能不能吃葡萄呢。」均均把比奇抱起來，「何況你給牠青葡萄，牠肯定是不會吃的。」

「為什麼？」

「比奇最討厭吃花生。而你知道豬其實是色盲的吧，牠可分不清青葡萄和花生的顏色，你餵牠青葡萄的話，牠肯定會以為那是花生呢。」

「胡扯，兩種東西大小都不一樣嘛，」婉瑩說，「何況我只聽說過狗是色盲的，沒聽說過豬也是色盲的啊⋯⋯」

「我是在網上看的。」

「你不會相信網上所講的東西吧？大部分都是胡說八道。」

「是真的啦，」均均說着望向倩倩，「倩倩姐姐，你知道得最多了，你說豬是不是色盲？……嗯？倩倩姐姐，你怎麼了？」

只見倩倩眨了兩下眼睛，才回過神來。

「啊？什麼？」

「你剛才在發什麼呆啊？」均均好奇地問道。

「沒什麼，想到一些和案件有關的事情而已。」倩倩說。

「還想什麼啊，先填飽肚再說吧。」婉瑩則在旁邊喊，「我想這次事情鬧得那麼大，犯人肯定不敢再犯第五宗案件了，先放輕鬆點吧。」

說着婉瑩便再次拿起菜牌，尋找起沒有豬肉成分的食物來。

但是，不知道命運是不是特意要和婉瑩作對，她這次又猜錯了。

第五宗案件還是發生了，而且就發生在這一刻。

班長受襲

晚上七時半，班長徐嘉明仍然呆在學校的自修室裏。

每天在學校留到很晚，這已經成為了他的習慣；由於秋之楓中學的自修室會開放至晚上八時，所以徐嘉明獨自吃過晚飯後，就喜歡在這裏做作業、溫習或者和預習一下課文，實在沒事做的話，也會看看課外書……

和自己的家相比，他還是比較喜歡呆在學校裏——自小他的父母關係就不太好，經常吵架。他的父親愛喝酒，經常喝得醉醺醺的；而母親則愛和左鄰右里在家裏打通宵麻將，打得昏天黑地。他們白天上班忙得不可開交，晚上一回家卻又常因對方的壞習慣而互相責罵、惡言相向，不知不覺就忽略了他們唯一的兒子。

徐嘉明一直都很渴望能受到父母的注意，他希望父母能以自己為榮，所以他才不顧一切地努力讀書，利用空餘時間參加補習班、參加興趣班、參加各種各樣的青年團，把所有知識都一股腦兒吞裝腦子裏，讓自己更多才多藝，試圖通過這些成就，來贏得父母的讚賞。

但事實已經證明了，這沒有用，當徐嘉明把滿分的

成績單放到父母面前時，他們連看也不看，專心致志地為一些小事而打嘴仗。所以，他想與其回到家去看母親打麻將、父親發酒瘋，還不如躲在學校自修室裏，在知識裏尋找安慰。

在某程度上來說，書本就是他唯一的朋友。

這刻，他已經把第二天的課全部預習了一遍。

當他放下課本時，卻發現自修室裏只剩下他一人了。這是當然的，只有測驗或者考試前夕，自修室裏才會坐滿焦慮的、臨時抱佛腳的學生們；在平日，特別是剛開學的時候，自修室幾乎是無人問津，即使是其他用功的學生，也決不會在這裏呆超過一個小時。

徐嘉明倒是希望人越少越好，他試圖說服自己——他最喜歡的就是獨處，他並不需要父母關心、也不需要朋友，只需要有一個安靜的地方讓他藏起來，還有無數書本讓他沉醉其中，他就已經心滿意足了。

不過此刻，他卻一反常態地想早點離開，他不知道為什麼總是有一種感覺，似乎有人在某個角落裏正盯着他，讓他感到渾身不舒服。自修室位於校舍的底層，窗外就是學校的小菜園，再遠一點就是學校的後門。看書途中，他多次感到有人在監視自己，但當他站起來望向窗外時，卻又沒看見任何人。

徐嘉明真的想走了。

身為紅十字會青年團團員的他，本來在這晚八點半，要到學校附近一個活動中心進行急救訓練，所以他之前是打算在自修室呆到八點正，再去報到的。

此刻太陽已經下山，窗外完全一片漆黑，就連街上的路燈也顯得特別黯淡。徐嘉明不禁感到有點害怕，於是連忙拿起書本，胡亂地往書包裏塞，然後站起來往自修室的大門走去。

膽小鬼！他不禁這樣罵自己。又沒有做過虧心事，為什麼要這樣害怕呢？

不過他還是沒有勇氣留在這兒。他來到大門旁，把自修室的燈熄掉，關上門，然後沿着走廊往前走去。

為了省電，走廊裏的燈都已經關上了，走廊上昏暗無比，幾乎連路也看不見。幸好徐嘉明對這條走廊非常熟悉，不知道都走過多少遍了，即使閉着眼睛也能找到出口；一直

往前走約三十步就到走廊盡頭，接下來向左轉，再走十步，就可以到達校舍的側門了。

走廊盡頭有一扇長方形的窗戶，街燈那黯淡的光線正穿過窗戶射進來，照亮了窗前的一片地面。

班長踱到窗前，自然而然地往左轉去，就在這時⋯⋯

一個人影出現在窗外。

這剎那，徐嘉明的心立即就提到了嗓子眼，他被嚇得目瞪口呆。

窗外的人隨即舉起一隻手，手裏似乎還握着什麼東西。

此刻徐嘉明總算定下神來了，他張大嘴巴，正打算喝問對方的身分，卻突然感到胸前一涼──幾股液體從對方手中的東西裏噴了出來，不偏不倚地噴到了他的衣服上。

「哇！幹什麼？」他驚叫着，連忙伸手去擋。

他只感到一股顏料味撲面而來，他頓時明白了：那人手中的是一支強力水槍，而噴到自己身上的，是用水稀釋了的繪畫顏料。

　　迅速地發了幾槍後，窗外人似乎認為目的已經達到了，趁徐嘉明一時之間反應不過來，收起手中的東西，轉身便跑。

　　「喂，你別走，給我站住！」徐嘉明的恐懼已經完全轉化成憤怒，連忙撲到窗前想捉住對方，但是那人已經跑遠了。

　　窗戶上裝着結實的防盜窗花，不然徐嘉明一定會跳到窗外繼續追趕，但現在他只能眼睜睜地望着攻擊自己的人消失在視線裏。

　　借着微弱的街燈，徐嘉明氣憤地發現自己的衣服被染上了一層深綠色顏料，而他所穿的可是紅十字會青年團的制服，這下他無法去參加八點半的訓練了。

　　徐嘉明生氣地砸了砸牆壁，不經意望了窗戶一眼，卻發現一張紙條被膠紙貼在窗沿的下方，他伸手把紙條撕下來。

　　只見上面歪歪斜斜地寫着一段話：

　　「幸好這只是水槍。恭喜你成為這宗謀殺案的受害者。兇手字。」

第二天一大早，倩倩和程傑就被叫到了美寶老師的辦公室裏。在場的還有班長徐嘉明，只見他臉上兩個黑眼圈赫然明顯，他看起來又累又睏，彷彿一隻營養不良的大熊貓。

「徐嘉明昨晚受到了槍擊。」美寶老師剛說話就把兩人嚇了一跳。

看見倩倩和程傑驚訝的樣子後，她又連忙補充道：「但當然不是真槍，只是一支水槍而已。」

「呃，美寶老師，下次說話不要只說半截好嗎？」倩倩歎着氣說。

「到底發生了什麼事？」程傑則問道。

徐嘉明歎了一口氣，說：「我在自修室溫習到七點半，離開的時候有人從窗外用裝滿顏料的水槍弄髒了我的衣服，然後拔腿跑掉了，還留下這張紙條。」

他把昨晚從窗沿上撕下來的紙條遞給兩人看。

「第五宗『兇殺案』。」倩倩說。

「第五宗？怎麼會呢？」而程傑自言自語道，一臉疑惑的樣子，「她明明已經承認了一切，為什麼⋯⋯徐嘉明，你看見對方的樣子嗎？」

「當然看見了。」沒想到班長說，「那人就是溫學晴！」

倩倩猛地抬起頭來，問道：「你肯定？」

「當然，」徐嘉明神情嚴肅，「只可能是她，我說出了她在教員室出沒的事情，揭露了她一直以來的惡行，所以她便來替自己復仇了。在自修室裏我一直都感到有人在監視着我，原來那並不是錯覺；溫學晴一直都在自修室外守候着，等待機會，等我打算離開，到達走廊的轉角處時，便隔着窗戶用水槍攻擊我！」

這不可能，倩倩心想，溫學晴不可能是犯人。

「事情發生在什麼時候？」倩倩問。

「大約在七點半左右。」

倩倩努力地想着昨晚的情形。她和溫學晴在六點半鐘就分手了，各自回家去，而七點半正是她和婉瑩均均在西餐廳吃飯的時刻。如果溫學晴裝作回家，中途又折返學校的話……

不，不會的。倩倩提醒自己道。她必須無條件地相信，溫學晴是無辜的。

徐嘉明一定是看錯了。

「那個溫學晴屢勸不改，實在是太過分了。」程傑輕輕搖着頭說，「美寶老師，本來今早就想跟你說，昨天這個溫學晴已經向我們承認了罪行——之前的一切惡作劇都是她幹的。而決定性的證據就來自班長徐嘉明，他親眼

146

看見她在案發時從你的辦公室裏走出來！沒想到她變本加厲，竟然為了報仇而襲擊證人。」

「犯人就是溫學晴？」美寶老師扶了扶眼鏡。

「不是的。」倩倩立即站出來道，「犯人不是溫學晴。」

「倩倩同學，拜託，她都自己承認了……」程傑瞪着她說。

「那只是她一時的意氣話，」倩倩打斷了他的話，「我後來追出去跟她談了好久，她親口跟我說了，她是無辜的。」

「天啊，」只見程傑快要瘋了，「她說話前後矛盾，這叫人怎麼相信她？這個溫學晴根本就是個騙子，你還認為她的話是真的？我再說一遍，她就是犯人，我們手上所有的證據都清清楚楚地證明了這一點，你為什麼就是不信？而現在徐嘉明親眼看見她向自己施襲，還有什麼好懷疑的？倩倩同學，我覺得你堅持她清白，只是為了死要面子而已……說不定，她說自己無辜，根本就是你教唆的。」

倩倩聽見他的話，激動得臉都紅了，好不容易才控制住自己。

「徐嘉明班長，你說你看見了溫學晴，對不對？」倩

倩抿着嘴説，「那時走廊裏的燈還開着嗎？」

徐嘉明搖了搖頭。

「那麼窗外有燈光嗎？」倩倩繼續追問。

「有啊，從那窗戶望出去，正好可以望見對面街的一盞街燈。」

「那就對了。」倩倩信心十足地説，「請你想想，案件發生的時候，犯人是背對着光源的，而室內卻一點光源也沒有──試想在黑暗的房間裏打開一盞燈，然後把一張照片放在觀察者和燈之間，觀察者是絕對不可能看見照片上的影像的。也就是説，當時燈光根本沒有照到犯人臉上，所以你根本不可能看清楚對方到底是什麼人！」

「這個……」徐嘉明想了好一會，不得不承認道，「好吧，或許你是對的，我沒有直接看見犯人的臉，但是我仍然肯定她就是溫學晴，因為那是個理着中短髮型的女孩……」

「但秋之楓中學有很多女孩都理着短髮，對不對？」倩倩提醒他。

「嗯……」徐嘉明不太肯定地説，「我不知道，但那明明是她……」

這時程傑插嘴道：「即使班長沒看清，也證明不了溫學晴的清白啊。你別忘，美寶老師的茶被下鹽那天，他

的確看見溫學晴從辦公室走出來。」

「不，她說當時只是把補做好的作業偷偷送來而已！」

「這種解釋誰都能說，根本說明不了什麼。」程傑笑道。

「但是……」

「好吧，要知道溫學晴昨晚有沒有襲擊班長，有一個很簡單的方法。」這時美寶老師開口了，望望班長，又望望倩倩和程傑，「我只要打電話問溫學晴的父母，她昨晚七點半時在不在家就行了。」

大家聽後都點頭同意。

於是，美寶老師便立即拿出家長聯絡名單，撥了溫學晴家長的電話。

電話很快就接通了，美寶老師閒聊幾句後，就問出了那個關鍵的問題。

其他人都聽不見話筒對面的話，美寶老師只是嗯了幾聲，又點了幾下頭，終於她在謝過溫學晴的父母後，放下了話筒。

「怎樣了？」三個人不約而同地問。

只見美寶老師有點抱歉地望了倩倩一眼，然後說：「她父母說，昨晚溫學晴在七點鐘左右打電話回家，說自

己有點事情，不回家吃飯了。最後她差不多八點半才回到家中，而且沒說自己幹什麼去了……」

倩倩聽後只感到頭昏目眩，時間上一分不差。

昨晚她倆在學校大門分手時，溫學晴明明說自己會回家吃飯的，為什麼突然又不回去了？為什麼她在八點半才回到家裏？這段時間她到底在幹什麼？

倩倩發現自己開始動搖了。

「這不就清楚了嗎？」程傑攤着手說，「溫學晴昨晚就潛伏在學校裏，等待機會，趁班長要離開時，把顏料射在他的制服上，證據確鑿。倩倩同學，請問你還有什麼要說？還想說她是無辜的嗎？」

只見倩倩低着頭，沉默不語。

「美寶老師，我提議今天放學把溫學晴叫到會議室去，大家一起對她進行詢問。」程傑說，「到時候，如果她對於自己的行蹤，對於自己前後矛盾的證詞沒有任何合理解釋的話，我們就可以肯定她是犯人了。」

「好吧，就這樣決定。」美寶老師點着頭說，「大家回去吧，快上課了。」

於是三人向老師道了別，轉身往大門走去。

「等一等，倩倩同學你能留下來嗎？我有事情想跟你說。」沒想到美寶老師突然說道。

倩倩遲疑了一下，便走了回去。

當背後的大門被輕輕關上後，倩倩才問：「什麼事，美寶老師？」

美寶老師拿出手帕，脫下厚厚的眼鏡，邊擦邊說：「倩倩同學，聽了這麼多證詞，也看了那麼多證據，依我看來，溫學晴犯罪的可能性是最大的；但是，你卻不斷堅持她是清白的，即使有多少證據，你也毫不理會。我覺得在這件事上，你實在是有點主觀……」

「對不起。」倩倩連忙道歉，「我知道作為偵探不應該感情用事……」

「不不，為什麼要道歉呢？」美寶老師微微一笑，「我還沒說完哩。我覺得你的確有點主觀，但這種主觀卻是好事啊。因為你會如此堅持，一定有你的理由，這些理由不一定能比得上真正的人證物證，但我想那絕對很有參考價值。」

「你真的這樣想嗎？」倩倩的心情總算好了一點。

「對啊，你看，我覺得你和程傑是兩種完全不同的偵探。他，講求證據、講求觀察，通過各種蛛絲馬跡把真相拼湊出來；而你，卻講求想像、講求感覺，往往藉着靈光一閃領悟出真相。或者我可以說那是第六感？雖然沒有任何證據、任何理由，但這種感覺最後卻往往是對的。而你

堅持相信溫學晴是無罪的，我認為這必定有一些無法明說的道理存在。」

倩倩笑了，連忙說：「謝謝你對我的信任。」

「我也希望你能證明溫學晴的清白。」美寶老師拿起杯子，「事實上，有時我寧願這個犯人永遠也找不着，因為無論是誰，一旦被揭發，這個學生的未來都會因此而蒙上陰影。但是，正義必須得到伸張，缺德的惡作劇必須停止，而我們也必須對那些受害的學生作出交代……」

說着她左手拿起杯子，右手則拿開杯蓋，蓋底朝下放在桌子上。

美寶老師的杯子是那種古老典雅的骨瓷蓋杯，而杯蓋也是圓圓高高的。倩倩注意到，老師習慣把杯蓋正面朝上放，而不是像普通人一樣，為了衞生而把杯蓋反轉後才放在桌子上。這讓倩倩不禁沉思起來。

「老師，不好意思，我想先問你一個問題。」倩倩舉起手。

「嗯？好的，你問吧。」

「你經常都這樣放杯蓋的嗎？」

「哦……這個啊。」美寶老師有點奇怪地說，「很多人也這樣問過我呢，『老師你為什麼把杯蓋這樣放啊，反着放不是更衞生嗎？』哈哈，老實說我也不知道為什麼，

我從小就這樣放蓋子的，父母也沒有糾正過，於是就習慣成自然了，可能人的壞習慣就是這樣來的吧。為什麼突然提起這件事？」

「噢，沒什麼。」倩倩説，但她的腦子此刻卻全速運轉了起來。

「那麼今天放學後見吧，」美寶老師喝了一口茶，「我希望一切案件的真相可以儘快水落石出。」

於是倩倩站起來，和老師道了別，離開教師辦公室。

在接下來的幾堂課裏，表面上倩倩似乎在認真聽課，但實際上她卻在一個勁兒地思考、思考。

到了中午，倩倩又分別找了三個人，問了三個問題。

第一個問題是問溫學晴的，她回答道：「我為什麼會遲回家？因為和你分別後，我接到一個神秘電話，是一個女孩子的聲音，聲稱自己知道學校連環惡作劇的內幕，約我到學校附近某棵樹下見面。但我等了半天，卻沒有人來，我被捉弄了！」

第二個問題是問徐嘉明的，他説：「你問我受襲時穿了什麼？嗯，我穿了一整套紅十字會青年團制服。我本來要去參加急救訓練課程的，所以就把衣服帶了來換，沒想到卻竟然被弄髒了！真氣人，現在還放在家中的洗衣機裏準備洗哩！」

第三個問題是問趙婉瑩的，她說：「啊？你要我找一年前香港新星歌唱大賽的資料？沒問題，這種東西很好找，上網查查就知道，但是你為什麼想知道這個？什麼，和案件有關？我可看不出來。不過我辦事，你放心，只要給我半小時……」

　　最後，當倩倩從婉瑩手上得到她要的資料後，已經對案件的真相很清楚了。

　　接下來要做的，就是將犯人繩之於法……

真相大白

「今天我們來到這裏的目的，相信大家都很清楚了。」明亮的會議室裏，程傑坐在眾人的中間位置，正襟危坐，一字一頓地宣布，「我們必須對秋之楓中學中四級連環『謀殺』案作一個了結，就在這裏，就是現在。」

坐在程傑身邊的，有倩倩、李曉培、婉瑩、均均、楊麗琪、班長徐嘉明，還有班主任美寶老師。他們一字排開，坐在那長長的會議桌一側，而在桌子的對面，則只有溫學晴，她抑頭盯着天花板看，對說話的程傑毫不理睬。

「開學僅僅兩個星期，學校裏就連續發生了五宗缺德的惡作劇，嚴重破壞了校園的秩序。」程傑繼續道，「犯人每次進行惡作劇後，都會留下一張寫滿輕蔑話語字樣的紙條，說受害者已經被『謀殺』，行為幼稚、不可一世，將自己的快樂建立在別人的痛苦之上，這種做法我們是絕對不能容忍的。而現在……」

說着程傑站了起來，慢慢繞過桌子，走到溫學晴的旁邊。

「現在當我們調查過所有和案件有關的嫌疑人後，

我們發現，你就是嫌疑名單上最可疑的一個人。」程傑威脅似地湊近溫學晴，而她則還以挑釁的目光，「你成績差、常欠交功課，無論對學校、老師，還是其他同學，你都總是抱着敵視的態度，和犯人毫不尊重別人的輕蔑態度不謀而合。同時，你的行為非常可疑，班長徐嘉明親眼看見你在案發時，偷偷進入過教師辦公室，雖然你解釋自己是要補交功課，但大家都知道你不愛學習，補交功課完全不像你這種人所做的事；另外，當初你進入辦公室的事被揭穿後，你立即就承認了自己是犯人，是所有惡作劇的主事者，但轉眼間，你又突然否認了一切，聲稱自己是無辜的，證詞前後矛盾，無法讓人信服；最後，徐嘉明在告發你後，就突然被人用水槍襲擊，很明顯是針對個人的報復行為，而在案發的這段時間裏，你完全沒有可靠的不在場證據……每一個證據都對你非常不利，同時你也是唯一一個五宗案件都沒有不在場證據的人。」

程傑半坐在桌子上，盯着溫學晴。

「你是不是犯人？」他問道，「是你趁假期時回到學校，躲過看門的校工，把紙造的『磚頭』放在中四A班的門沿上嗎？是你偷偷跑到美寶老師的辦公室裏，把大量的鹽放進她的綠茶裏去嗎？是你把裝滿墨水的氣球藏在中四B班的吊扇上，試圖讓同學們渾身都沾上墨汁嗎？是你

156

偷偷在趙婉瑩的三文治裏放辣椒素，卻意外讓楊麗琪失聲嗎？是你偷偷躲在學校裏，趁徐嘉明經過走廊時把顏料噴到他的身上嗎？溫學晴，你認不認罪？」

程傑一口氣問完後，只見溫學晴沉默了半分鐘，才倔強地抬起頭說：「我沒有。你所說的事情，我一件也沒做過！」

「是嗎？」程傑輕輕笑道，「但所有的證據都指向你，你又怎麼解釋？是巧合？這世界不可能有如此之多的巧合，除非……」

「等等。」這時倩倩高高地把手舉了起來。

「倩倩同學，我還沒說完哩。」程傑皺着眉頭說。

「不，」倩倩站了起來，「我想，我能證明那些惡作劇根本就不可能是溫學晴幹的！」

倩倩這話一出口，大家馬上把視線集中在她的身上。

「到底怎麼證明呢？」美寶老師着急地問道。

看到大家都轉移了注意力，程傑也只好把發言權交給倩倩。

「首先，我能解釋為什麼所有的證據都指向了溫學晴，」倩倩望望這個、又望望那個，「很簡單，這不是巧合，而是刻意的安排——有人刻意留下假證據，讓大家都懷疑溫學晴！也就是說，犯人想讓溫學晴替自己頂罪，成

為替罪羊。」

「但……你是怎麼知道的呢？」李曉培連忙追問。

「因為，那些惡作劇，溫學晴就算想做也做不到。」說着，倩倩從自己的背囊裏拿出了一張A4大小的打印紙，「請讓我做一個簡單的實驗來證明。」

說着倩倩背對溫學晴，把打印紙舉到眾人面前，問道：「請你們看看這是什麼數字？先不用說出來，在心裏默記着就行了。」

大家瞇着眼看去，只見A4紙上有一個大圓圈，裏面充滿了是深淺不一的小圓點；大部分圓點都是黑白兩色，只有一些紅點組成了阿拉伯數字的「2」，一些綠點則組成了數字「6」，兩個數字合拼起來，就是「26」了。

確認大家都看過後，倩倩轉過身去，把A4紙秀給溫學晴看。

「學晴，你看看這是什麼數字？」倩倩問。

溫學晴看了老半天。

「是『2』。」她不太確定地說。

「咦？不是『26』嗎？」均均望望大家，又望望溫學晴，想知道自己是不是眼花看錯了。

沒想到大家都紛紛說那數字就是「26」，證實均均並沒有那麼快就變老花。

「可是奇怪了。」李曉培一臉疑惑，「為什麼溫學晴沒有看見『6』？」

倩倩看見美寶老師和徐嘉明的表情，發現他們都已知道這是怎麼一回事了，而溫學晴自己當然也知道；他們只是為了保護別人的隱私，才沒有提早向大家說明⋯⋯

「為什麼會這樣呢？明明大家都看成是『26』，為什麼溫學晴會看成是『2』呢？」倩倩接着說，「其實，印在A4紙上面的，就是所謂的石原氏色盲檢測圖，它能測試人們是否患有色盲或色弱，而溫學晴之所以看不見『6』，是因為她患有一定程度的綠色盲！」

大家都恍然大悟地點着頭。

「事實上，我早就該發現了。」倩倩有點懊惱地說，「婉瑩曾不小心把深綠色的菠菜汁潑到學晴的衣服上，學晴卻形容那是『黑黑的』液體；當婉瑩的桌子被綠色的污跡弄髒時，她也曾說過那是『黑墨水』。這些都是很明顯的提示。」

但徐嘉明卻問道：「但是，溫學晴有色盲，和她能不能犯案有什麼關係？」

「大家還記得第三宗案件嗎？」倩倩笑道。

「墨水氣球炸彈案？」均均問。

「對，犯人將一個灌了綠墨水的綠氣球，藏在綠色的

吊扇後，還在上面貼了一支點燃了的長香，試圖等所有同學都回來後，把他們炸得滿身墨漬。犯人自然不希望大家一眼就把氣球找出來，所以才會使用綠色的氣球，小心地控制了綠墨水的分量，讓氣球和吊扇顏色相同，不容易被認出來。好了，如果犯人真的是溫學晴，她又怎可能在顏色的選擇上如此準確呢？要知道她有綠色盲，無論是看綠氣球還是綠色的吊扇，她都會看成是灰黑色的，所以製作墨水氣球炸彈的人，不可能是她！由於所有的惡作劇都是同一個人做的，如果溫學晴沒有製作墨水炸彈的話，那麼其他的惡作劇也肯定不是她所為。」

「的確如此。」徐嘉明脫口而出，「但真正的犯人卻不知道這點，本想把事情賴在溫學晴身上，沒想到好巧不巧賴了個『錯誤』的人。」

美寶老師讚許地望了倩倩一眼，然後望向溫學晴：「看來是我們錯怪你了。我代表所有懷疑過你的人，向你致以真誠的歉意。」

「嘿，我都說了嘛，我是無辜的。」只見溫學晴叉着腰說。

「好了，那麼真正的犯人到底是誰？」美寶老師追問倩倩道，「你知道嗎？」

倩倩剛想說話，程傑卻率先發言了。

「等等。」程傑望着大家説，「實際上，我知道誰是犯人。」

「是嗎？」均均懷疑道，「貌似剛剛你才非常肯定地説温學晴是犯人哩，結果倩倩沒幾句話就替她消除了嫌疑。你怎麼説？」

只見程傑低着頭，長長地呼了一口氣。

「如果倩倩同學剛才能讓我講下去的話，你們就會知道，我其實也得出了温學晴無辜的結論。」程傑説到這裏，均均小聲吐了句「馬後炮」，但程傑並沒有理他，「事實上，當我今天中午跑到中四B班，詳細地詢問温學晴昨晚的事後，我就已經感到事有蹊蹺——温學晴説，她昨晚快回到家時，突然收到一個神秘的電話，一個女孩子聲稱知道和案件有關的內幕，並要求温學晴到學校附近的一棵大樹下和她見面。當然，那個女孩並沒有來。我想，這個女孩就是真正的犯人，就是她用水槍攻擊了徐嘉明，就是她製造了那些惡作劇，而且把罪名全部推到温學晴的身上！」

「那你知道這個人是誰嗎？」温學晴連忙問。

程傑堅定地點了點頭。

「後來我用了整個下午的時間來調查，掌握了一點證據，而當我知道犯人的真正身分時，我真的很傷心。」他

咬着牙説，「我感到難以置信。我不敢相信，犯人竟然是我如此信任、如此欣賞的一個人。一直以來，她在案件中幫了我不少忙，向我提供大量的證據；但想不到，原來她根本就在誤導我，引導我向錯誤的方向調查！這個人⋯⋯這個犯人⋯⋯」

説着程傑緊緊地盯着李曉培。

「犯人就是你。」他鎮靜地説。

只見李曉培的眼睛瞪得老大，半天説不出一句話來。

「我⋯⋯」最後她笑了起來，「我是兇手？我是兇手？程傑，不要在這種認真的場合開玩笑，認真一點！」

「我沒有開玩笑。」程傑面無表情地説，走上前去，「因為我知道，昨晚用水槍攻擊徐嘉明的就是你。」

「這個⋯⋯不，我怎麼會那樣做呢？」只見李曉培站了起來，後退了兩步。

「徐嘉明，」程傑半轉過頭去，「請你形容一下昨晚的人影是怎麼樣的。」

「呃，」徐嘉明努力回想着，「那是個理着中短髮型的女孩⋯⋯」

「那就對了。」程傑舉手示意大家望向溫學晴，「溫學晴的頭髮很短；相反，李曉培的頭髮不長不短，正好和徐嘉明的描述相同！」

「不！那不是我！」李曉培慌了，「中四級有這麼多短頭髮的女孩，為什麼只懷疑我一個人呢？」

　　「因為……」說着，程傑從口袋中拿出一件物件，「我有證據。」

　　「我的手機？」李曉培望着他手上的東西，似乎認了出來。

　　「這電話是我剛才從你的課桌上拿來的，」程傑說着操作起電話來，最後把畫面遞到大家面前，「電話紀錄裏清清楚楚地寫着，昨晚七點左右，你打了一個電話給溫學晴！昨天晚上，那個用電話把溫學晴騙出來的女孩，其實就是你。」

「但我的電話明明昨天就不見了！」李曉培替自己辯護道，「我放學的時候根本就找不着……」

「別說謊了。」程傑皺着眉說，「那個電話就是你打的。」

李曉培呆呆地望着程傑，沉默良久。

「我，我明白了……」只聽見她小聲說，「對，是我幹的。」

「曉培同學，真的是你？」美寶老師難以置信地說。

「對，的確是我幹的。」李曉培的眼淚沿着面頰流了下來，「我……我真的很討厭那個温學晴。我一心要趕走她，所以我就製造了那麼多的惡作劇，然後留下大量對她不利的證據，只要……只要大家以為她是犯人，那麼她就不能再在這兒待下去了。我……」

說着她把臉埋在手裏，痛哭起來。

「等等！」突然倩倩激動地跑上前去，「你沒必要這樣做。」

李曉培抬頭望着她，一臉驚訝。

「為什麼要承擔這個罪名？」倩倩追問，「為什麼要讓真正的犯人逍遙法外？你明明知道自己是無辜的啊！」

這話可把在場的人都搞糊塗了。

「我不知道你在說什麼，」李曉培遲疑半刻，然後用

164

力地搖了搖頭，「我就是犯人，電話裏有我的通話紀錄，這不就是證據嗎？」

「不！」倩倩高聲喊道，把李曉培嚇了一大跳，「你絕對不可能是犯人。」

「倩倩，」婉瑩連忙扯了扯她的衣角，「到底發生了什麼事？」

倩倩迅速轉過身去，定眼望向程傑，而程傑也望着她。

「徐嘉明，」倩倩回頭問道，「昨晚襲擊你的人有多高？」

「呃，我想，應該和我差不多吧，」班長想了想又補充道，「我1米81。」

「這就是為什麼，你會有那人是溫學晴的感覺，」倩倩說，「即使在男生中，班長你也是一個很高的人，但襲擊你的人竟然和你一樣高，在整個中四級的女孩子中，恐怕只有溫學晴才有這樣的高度。所以儘管你沒有看見對方的樣子，仍然直覺認為那人就是溫學晴。」

她望向李曉培。

「你多高？」她問。

李曉培喘着氣，好一會不敢回答。

即使她不說，大家也看得出來。李曉培的身高至多

165

1米65，足足比徐嘉明矮了一個頭。

「如果在窗外襲擊你的人是李曉培，你覺得可能嗎？」倩倩轉向徐嘉明。

班長盯着李曉培，露出一副難以理解的表情，說：「完全不像，高度差太遠了。剛才我怎麼沒想到這一點呢？」

「在窗外襲擊徐嘉明的人，絕對不是李曉培，而是另有其人。」倩倩說。

「但是我不明白，」婉瑩奇怪地說，「李曉培剛才明明就已經承認……」

「她只是想保護真正的犯人。而事實上，犯人的真正身分，李曉培也是剛剛才領悟出來。」倩倩頓了一頓，「我們一直都認為襲擊班長的是女孩，但這僅僅是從髮型所得出來的結論，事實上除了溫學晴之外，中四級裏就沒有其他女生長得這麼高了，但是……如果那是男生呢？一個戴着假髮的男生？」

倩倩望向程傑。

「你多高？」她問。

「1米82。」程傑爽快地回答。

「和徐嘉明差不多嘛。」

「你是在暗示，我就是襲擊他的人？」

166

「正是。」

「哼，」程傑半轉過身去，望着窗外，「證據？」

「你的一句話。」倩倩回答，「一句漫不經心説出來的話。」

「哪一句？」

「『制服』。今天早上在教師辦公室裏，你説了『制服』這兩個字。」

「我是説『校服』，你聽錯了。」

「我沒有，當時你説——温學晴潛伏在學校裏，趁班長要離開時，把顏料射在他的『制服』上，證據確鑿……」

「對啊，我好像也是聽見你這麼説，」美寶老師説，「我還覺得奇怪哩。」

「我也聽見了。」徐嘉明舉手道。

「那又怎麼樣？」只見程傑邊説邊踱着腳，然後又看了看錶，很不自在。

「那就非常有趣了。」倩倩説，「你説了『制服』，制服是什麼意思呢？雖説校服也是制服的一種，但通常情況下，大家都會管叫校服做『校服』的。如果是制服的話，有很多可能性：警察制服、消防員制服、保安制服……還有，紅十字會青年團制服。經我調查所得，徐嘉

明昨晚的確穿着一套制服，但我記得在早上，他並沒有刻意提到這件事，他只是説自己的『衣服』被弄髒了……」

「他有提到『制服』啊。」程傑辯解道。

「我沒有。」班長則説，他似乎已經意識到點什麼了。

「我記得他沒有提過。」美寶老師也説。

「好吧，程傑。」倩倩走上前去，「作為一個偵探，你肯定知道，事到如今你已經無法再狡辯了。如果徐嘉明從沒提起過自己昨晚穿了什麼服裝，你又為什麼知道他穿的是『制服』呢？除非……」

程傑笑着插嘴道。

「除非我就是襲擊班長的人。」他説。

第十三章　夢想與復仇

會議室內一片寂靜。

「那……你算是承認了？」終於倩倩道。

「我可什麼都沒認。」程傑笑了，表情看起來甚至有點兒輕鬆，「我有沉默的權利，不是嗎？何況，每到這個關鍵時刻，當然要由偵探出馬，抽絲剝繭，一步步敍述犯人的犯案過程，說得他心服口服；如果你想我認罪的話，請解答以下這個問題……你知道，在第二宗案件中，我可是有不在場證據的哦！那天美寶老師的茶被下『毒』的時候，剛打下課鈴，我就跑到中四B班裏跟一個舊同學聊天，而且一直都呆在那裏，直至上課。如果你不信的話，大可找那個人來問問。如果我整個小息都在課室，又怎麼可能分身到教師辦公室下『毒』？」

「這的確是個無懈可擊的不在場證據。」倩倩也笑道，「而且還是你刻意製造了不在場證據，並在討論案情時有意地透露出來，讓我們完全相信你的清白。的確，在那天早上第一個小息期間，你根本就不可能犯案，而事實上你那時也沒有踏進辦公室半步……」

169

「一定是有同犯！」均均雙手一拍，叫道。

「你的助手經常這樣打岔嗎？」程傑小聲向倩倩問道。

「是啊，很煩對不對。」倩倩則説。

「拜託！除了同犯還有什麼可能。」均均抗議道。

「還有另一個可能，」倩倩舉起一隻手指，「如果犯人下『毒』的時間並不是在那天的第一個小息的話，那麼不在場證據就不能成立了。」

「佩服。」程傑輕輕拍了拍手。

「但是……」美寶老師猶豫了一會才説，「如果犯人不是在第一個小息作案，又是在什麼時候？」

「就在早會時。」倩倩回答道。

「那不太可能吧。」美寶老師搖了搖頭，「你是説犯人趁我離開宣布早會時的那段時間來下『毒』？但是我小息回來後，明明先把杯子仔細地洗乾淨後，才再去裝茶的啊，如果裏面裝有鹽之類的東西，肯定已經被洗掉了吧。」

「因為，」倩倩微笑道，「程傑根本就沒有把『毒』放在杯子裏，而是放在你的杯蓋裏！」

「杯蓋？」美寶老師疑惑地問。

「沒錯，美寶老師的杯子是骨瓷蓋杯，這種杯的杯蓋

通常也是圓圓高高的，裏面可以藏很多東西呢。程傑趁你離開時，把一塊由鹽和蜜蠟之類的物質混合而成的東西，黏在你的杯蓋內側……噢，當然裏面還塞了張紙條。由於老師你習慣把杯蓋正面朝上放，而不是像普通人一樣，為了衞生而把杯蓋反轉後才放在桌子上，所以當你回來重新裝了茶後，就直接把杯蓋蓋上，自然也不會看見黏在杯蓋底的混合物。當你離開到小賣部買早餐時，這塊鹽蠟混合物就會由於熱力而掉進水中融化，調製出那杯難喝至極的飲料……這個有趣的定時裝置，讓我們完全搞錯了案發時間。程傑，我說得對不對？」

程傑大點其頭。

「不過，如何犯案還是很容易，難的是，我如何讓你們對温學晴產生嫌疑？要知道她去補交作業這件事，不是我能控制的哦。」程傑這刻的語氣彷彿在討論一件與自己無關的案件，根本就不像一個犯人在替自己辯白。

「一開始，你就執意讓温學晴捲入這場案件中，她一直都是你整個計劃的一部分——而且是非常重要的一部分。」倩倩用手摸着下巴，「如果你無法控制温學晴，計劃就可能會失敗。而你所用的武器，就是『心理學』，你運用各種各樣的小技巧來影響別人的心理，從而讓別人做出對你有利的行為……」

「哇！還有這麼厲害的事情？」婉瑩驚叫，「還能控制別人的意識？」

「當然沒有這麼誇張，」程傑吐了吐舌頭，「只是利用了別人的心理而已。」

「事實上在婉瑩的桌子被弄髒的事件中，你就已經運用了這種心理學技巧。」倩倩接着說，「你其實一早就推理出污跡是楊麗琪弄出來的，但你卻轉而指控溫學晴——你知道楊麗琪當時的心理是矛盾的，一方面她不想無關的人被誤會，但一方面她也不想自己被人指責。你肯定楊麗琪不會出來澄清，也肯定同學們不會相信溫學晴的辯解，因此才肆無忌憚地對她提出指控。如果讓你成功的話，那麼當惡作劇發生時，她的嫌疑就更重了……」

「幸好有明察秋毫的名偵探倩倩啊。」程傑的話不知是讚美還是譏諷。

「而在綠茶被下『毒』的那天小息，你剛打下課鈴就跑到中四B班找溫學晴，你聲稱自己是為了前一天指控她的事向她道歉，但我想，你還多說了點其他東西吧。你肯定苦口婆心地對她說了一些學習上的事，並希望她就當為了自己的家人，不要再欠交功課了之類的話。你知道溫學晴表面上很固執，但始終很愛父母，聽見這樣的話，一定會連忙補做當天的幾條簡單的選擇題，再偷偷放到教師辦

172

公室裏！」

「當然，她可能不一定會補做作業，偷放作業時也不一定會讓人看見，但我還是賭了一把，而且成功了。」程傑補充道。

「最後，你在心理上玩的最大把戲，就是逼温學晴親口承認她從沒犯過的罪。」倩倩嚴肅地說，「你其實早就看透了温學晴的性格，你可能甚至知道她在舊學校裏的遭遇，知道她最怕的就是別人對她不信任。就像當初在舊學校裏，她否認那些無理的指控，據理力爭，最後自己受到的傷害卻更深了；你知道當她知道自己遭受懷疑後，肯定寧願承認一切，儘快一走了之，以避免遭受更深的傷害。如果温學晴真的承擔罪名，離開秋之楓中學，那麼大家就自然會以為犯人已經找到，絕對不會懷疑到你的頭上。當然，逼走温學晴的時機是非常重要的，你本來計劃制造四宗惡作劇，即使有人早就看見温學晴偷進教師辦公室，你也會留待到四宗惡作劇都發生後才會審問她。」

程傑突然用力拍起了手來。

「說得對，太對了。你真是分析得頭頭是道，讓我這個案件主謀也不禁肅然起敬啊。可是……」說着他語氣一變，「那麼，重點來了，我的動機是什麼呢？你猜到我為什麼幹出這一切來嗎？我不相信你連這個也可以推斷出

來……」

「事實上，」倩倩頭了點頭，「我知道。」

「是嗎？」程傑望着她。

「是復仇。」倩倩簡單地説，「你的動機就是為夢想而復仇。」

程傑呆住了。然後他笑了笑，便不再説話。

「動機。我一直都隱約地覺得，在這件連環『謀殺』案中，犯人的動機是最重要的。」倩倩説道，「即使我意識到你是犯人後，我也猜不透到底你的動機是什麼。但我卻記起了你當初在K房裏的一句話：友情不重要，重要的是實現你自己的夢想。這是你的真心話，但你接着説，你的夢想是當個名偵探，那卻是一個有意的誤導！本來我應該很容易看出來的，你的夢想不是做偵探，完全不是，你的夢想由始至終，都是做個歌手。」

「歌手？」婉瑩喊道，「完全想不到啊。」

「那天你唱K的表現有目共睹，你有非常好的歌喉，也有極佳的演唱技巧，這絕不是一個業餘愛好者可以做得到的，你肯定曾經長期努力地練習過，才可能有這樣的成績。這需要投入很大的熱情，因此我不相信你唱歌僅僅是為了興趣，你肯定會希望成為一個真正的歌手。但是，你卻説你曾經參加過歌唱大賽，只是因為演唱的歌曲太舊，

才被淘汰了。那時你顯得對此並不在乎，但説話的語氣卻給人一種酸溜溜的感覺，你是真的不介意嗎？還是只是把不滿藏在心裏而已？你不知不覺地透露了自己的感覺，而且你肯定沒想到，我竟然真的去查，查一查到底是哪個評判讓你在歌唱比賽中落選的……」

倩倩從口袋中拿出一張打印紙。

「婉瑩幫我，把一年前香港新星歌唱大賽的初賽名單找了出來，其中在新界西區的選拔賽中有你的名字，但資料顯示，由於被此區的特約評判淘汰，所以並沒有進入總決賽……那麼這個特約評判到底是誰呢？」

倩倩指着打印紙上的一個名字。

「就是楊麗琪。」

一直因喉嚨痛而沉默着的楊麗琪，此刻瞪大了眼睛。

「難道……」她望向桌子對面的程傑，仔細地辨認着，「你……你就是那個……被我叮下台的人？」

只見程傑的胸口不斷地起伏着，激動起來。

「看來你已經完全把我忘掉了，大小姐。」他咬牙切齒地説，「我們在同一個級這麼久，你都沒有把我認出來——當然了，對於你來説，那不過是一個因為唱了一首老套舊歌而被你踢下台去的無聊人，根本就不值一顧。但是……但是你知道嗎？就因為你妄自尊大的態度，讓我從

20XX年度
香港新星歌唱大賽
新界西區選拔賽選手名單

參賽地點
　　　荃灣大會堂Hall A
評判
　　　陳倩　C. Codeman
特約評判
　　　楊麗琪
參賽選手

入圍選手

小到大的夢想完全破滅了！」

「這⋯⋯我⋯⋯」楊麗琪嚇了一大跳，往後一縮。婉瑩馬上把手放到她的肩膊上，她才鎮靜下來。

「我想大家現在都知道了，」倩倩接着說，「在第四宗兇案中，犯人的目標本來就是楊麗琪——表面上看起來，犯人想對付的人是趙婉瑩，只是楊麗琪意外把她的三文治吃了，才會成了受害者。但實際上，這全都是假象！程傑你一早就想用三文治來讓楊麗琪失聲。你知道她有吃早餐的習慣，為此還專門在案發前一天在小賣部買了同樣的三文治，預先放進大量的辣椒素和紙條，打算在當天找機會偷偷把三文治交換⋯⋯但是，那天早上她倆在小賣部前的爭執卻讓你意外偷聽到了，於是你靈光一閃，決定用另一個更不容易招致懷疑的方法。你趁婉瑩到三樓裝水的時候，把她放在課桌裏的三文治拿走，然後把『毒』三文治大剌剌地放到桌子上！你知道楊麗琪的心理，當她回來看見桌上的三文治，一定會以為婉瑩在耀武揚威，肯定會在一氣之下將這個三文治吃掉⋯⋯當然，她不一定會這麼做，而且婉瑩也可能會比她早回來，但即使她沒有吃，受害的是婉瑩，你接下來還是有大量的機會。無論如何，你卻成功了，還讓我們誤會了犯人的真正目標！」

「天啊！程傑你為什麼這麼狠？」這時婉瑩發話了，

「就為了那麼一個小小的比賽，搞得翻天覆地值得嗎？」

「你不明白我的心情！」程傑生氣地喊道，「你們全都不明白！不明白這對我的影響有多大。自小……自小我就希望成為一個歌手，不是為名、不是為利，只是為了能站在舞台上，用歌聲去感動別人。小時候……父親收藏了好些舊CD，我都聽了，你知道嗎？那些七八十年代的老歌感情真摯、歌詞樸實，可比現在那些毫無感情、無病呻吟的流行曲好上萬倍！老歌手們的歌聲觸動了我的心靈，於是我發誓，我一定要做個歌手，同樣用歌聲去感動別人。但是，當我把這個夢想告訴父母時，他們都不支持我，他們自然希望我專心學習，畢業、考會考、上大學，做個律師或者醫生之類的專業人士，而不是當個賣唱的傢伙——為了這一點，我不知道跟他們鬧過多少次不快了。就在一年前，我報名參加香港新星歌唱大賽，但選拔賽舉辦的日子好巧不巧在星期五，所以我一狠心，就假冒父親打了個電話跟學校請假；當然，我的行為很快就被父母發現了，他們狠狠地把我罵了一頓，並禁止我參加這場比賽，於是我一氣之下離家出走，從家裏跑了出來……」

程傑頓了頓，伸手擦了擦眼睛。

「當時，儘管我跟父母鬧翻了，但我仍然很高興，因為我終於能實現自己的夢想了。我相信憑自己的歌聲，一

定能在比賽中勝出。只要我成功通過選拔賽，站在決賽的舞台上，通過現場直播把歌聲傳到香港的每一個角落，父母就肯定會對我改觀，轉而支持我的夢想……帶着這樣的心情，我來到了選拔賽的現場，在緊張而焦慮的等待後，終於輪到我演唱了。」

說着，程傑苦笑了起來。

「我一開口，台下的兩位主持便如聞天籟，連連點頭，就連台下本來吵吵鬧鬧的觀眾也馬上靜了下來，仔細欣賞我的歌唱。那一刻，我真是快樂極了，我知道自己肯定會出線，我肯定可以站在決賽的舞台上，我肯定會……」說着程傑突然停下，好一會，才喃喃地說，「但是那異常清脆的『叮』的一下聲響，卻讓我呆若木雞……我被淘汰了，我被淘汰了，我的心不斷地在問為什麼？為什麼？是我唱走調了？是哪個地方技巧不足？還是……我往台下望去，只見淘汰我的並不是兩個主持，而是大會的特約評判，也就是當紅歌手楊麗琪。我被她淘汰了，但為什麼？當時，兩名主持人也很奇怪，忙問楊麗琪為什麼要把我『叮』走，你知道……你知道當時她怎麼答嗎？她竟然用滿不在乎的語氣說，我所唱的歌太舊了，她不喜歡。她不喜歡！天啊，這是多麼難以置信的理由啊！她根本……她根本就不配做一個評判，只憑自己對歌曲的喜好

來評定別人的才能，這簡直是荒謬至極！她不但不配做評判！甚至不配做一個歌手！」

這時楊麗琪哭了，不知道是因為害怕，還是因為自責。

「當時，兩名主持人都對這個判決不太滿意，」程傑盯着她説，「但她是特約評判，她説什麼就是什麼，沒人敢反對。於是，我只好快快地離開了舞台，離開了會場，默默走回家中。之後我被父母狠狠罵了一頓，他們知道我落敗後，堅信我根本就不可能成為歌手，再也不允許我在家聽任何音樂、進行任何練習，並逼我參加各種各樣的補習班……我實現夢想的努力徹底失敗了，而且，最讓我不服氣的是，讓我失敗的竟是一個只想着追逐名利、對音樂毫不尊重的高傲女孩。」

説着他往楊麗琪逼近了一步。

「所以我要報仇！這個楊麗琪和我在同一間學校、同一個年級就讀，復仇的機會有的是！但難就難在，我不能引起別人的懷疑。即使我做得完全不露痕跡，但如果受害者僅有楊麗琪一人，人們很快就會識破箇中關係，我無論如何都洗脱不了嫌疑……所以，我便想出了這個連環惡作劇的犯案方式，這樣做的話，犯人的目標似乎是很隨意的，看起來並不針對任何一個受害者，也就不會讓我受到

180

懷疑了；同時，我也找了溫學晴這個替罪羊，只要我的計劃成功，那麼她就會替我包攬一切罪名，一走了之，此後自然就沒有人會深究下去了。可惜……太可惜了，我本來差一點就成功了，如果不是某個多事的偵探插手，勸溫學晴堅持自己清白的話，我早就全身而退了！」

「你那晚看見我和學晴在籃球場談心，甚至可能偷聽了部分的話，」倩倩冷冷地説，「你知道學晴一定會堅持不認罪，如果讓案件再拖下去，那麼遲早就會追查到你的頭上。所以，你孤注一擲，改變了計劃，馬上製造了第五宗案件。事實上，當初在會議室，你看見我堅信溫學晴是無辜的時候，就已經感到不安了，於是你趁李曉培不注意，偷偷拿了她的手機，以備不時之需。那晚稍後，你用李曉培的電話打給溫學晴，裝出女孩子的聲音來，把她騙到學校附近；接着你到附近的文具店買了水槍和墨水，再在雜物室裏找了個cosplay用過的假髮戴上，偷偷監視在自修室溫習的徐嘉明，最後趁他經過走廊時襲擊了他……看起來，你是想讓溫學晴受到懷疑，但實際上，你是想把罪名推給你的助手李曉培。」

倩倩歎了一口氣。

「本來，這樣做很冒險，剛才你指控李曉培時，連你也不知道這到底行不行得通。但是出乎你的意料之外，李

曉培竟認罪了——她在那一刻意識到程傑你就是犯人，因為昨晚有機會取走她電話的，只有你一人。本來她可以理直氣壯地為自己辯護的，但她卻選擇了為你而犧牲，承擔所有罪名。她實在是太傻了。」

李曉培傷心地望了望程傑，然後低下頭去。

這時婉瑩皺着眉對程傑說：「你害楊麗琪失聲不說，還存心要把罪名推給別人，太可惡了。」

「我可惡？」程傑一臉不滿，「這個女孩糟蹋了我的夢想，所以我也要讓她的明星夢幻滅！什麼新星歌唱大賽冠軍，根本就不是靠實力，靠的是外貌、靠的是曝光率！她沒有資格當評判、沒有資格當歌手、更沒資格在紅館開演唱會！楊麗琪，當初你狠狠地把我『叮』下台時，有想過我的痛苦嗎？現在你失了聲，你終於知道我那時在台上想唱又沒法唱下去的窘態了吧？你知道⋯⋯」

突然「啪」的一聲，在眾人詫異的注視下，溫學晴打了程傑一巴掌。

「你⋯⋯」這一巴掌並不重，但卻讓程傑整個人呆住了。

「講講講！你一直都在說這些有的沒的，煩不煩啊？」只見溫學晴毫不留情地開罵，「你到底還是不是個人？做人就該堂堂正正的！你為這些雞毛蒜皮的事，偷偷

摸摸搞小動作，還對女生呼呼喝喝，小不小氣啊你？輸了比賽？被人冤枉？這種小挫折本小姐可遇多了，最多進廁所哭兩聲、砸幾下枕頭就沒事，哪像你這種小氣鬼，還暗箭傷人，無恥！」

溫學晴連珠炮般的漫罵，讓程傑連連後退，毫無反抗的餘地。

「我說！一次失敗又有什麼了不起，這滿世界都是比你慘的人。」她邊罵邊用手指戳着程傑的胸口，「與其有空憤慨、有空報仇，還不如努力去實現自己的夢想！我說這有多難啊！父母不理解你的夢想又怎麼了？你不懂去繼續說服他們啊？不懂去繼續參賽啊？難道你怕這次被人叮下台，下次還會發生同樣的事？運氣會這麼差麼？當然不會。我知道，你不再去參賽就是害怕！就是沒膽量！沒有勇氣承擔失敗！自己沒膽還跑回來怪別人，怪別人都算了還來誣衊我，你真是不見棺材不掉淚……」

說着溫學晴竟追打起程傑來，追得他滿會議室亂跑。最後倩倩和徐嘉明合力才好不容易把溫學晴拉住。

這下程傑的威風全沒了，就像打敗了仗的公雞，頹然坐在椅子上。

對面的楊麗琪這時終於說話了。

「對不起。」她真誠地說，「我……我不知道……

183

這對你有這麼大的影響。就是因為我……認為你唱的歌太舊……所以讓你失去了決賽的機會，都是我的錯……請你原諒我吧。」

程傑抬起頭來，滿臉悲傷。

「我還以為我會很快樂。」他說，「當初你被辣椒素弄得失聲後，我以為自己會為復仇成功而感到快樂，但是並不然。我很快就意識到，我一直以來，憎恨的其實並不是你，而是我自己的懦弱；我不敢參賽，我害怕失敗，這才是我最後沒有實現夢想的原因。所以……要道歉的……應該是我才對。」

大家都沉默了。

這宗撲朔迷離的連環「謀殺」案，從開學前三天開始，經歷了兩個多星期，終於在這個稍有涼意的黃昏結束了；這個故事源於一個偉大的夢想，卻因為誤會和憎恨，在懊悔中收場。

尾聲

　　黃昏之下，秋之楓的校舍被夕陽染成橙色。它獨自聳立在十字路口的一角，儘管略顯孤單，但它並不介意，勇敢地承受過去、樂觀地遙望未來。

　　程傑背着書包從校舍裏緩緩步出，但當他穿過籃球場，即將踏出校門之際，一把聲音讓他停了下來。

　　「你要去哪裏？」倩倩在他背後問。

　　程傑現在當然是要回家，但他知道倩倩問的並不是這個。

　　「當然是離開秋之楓中學。」程傑並沒有回頭，但倩倩知道他正在微笑，「我無論如何都不可能在這兒呆下去了。」

　　「是因為你犯的案？」倩倩問道，「老實說，這根本就不算什麼嘛。不但刑事，連民事案件也算不上，就是有點過火的惡作劇而已，沒有人會因為在三文治中放辣椒素、用紙盒砸人、用水槍射人、在茶裏下鹽或者用墨潑人而被趕出校，要不然均均在舊學校都被趕走幾十次了。如果你是怕同學說閒話的話，美寶老師也說了，只要你答應

不再犯，她也不會把事情告訴……」

「不，我走，和這件案件無關。」

「是嗎？那為什麼要走呢？」

程傑轉過身來，望着倩倩說：「因為一山不能藏二虎嘛。在這次案件中，我用一個偵探所具有的知識來進行犯罪，本以為萬無一失，卻讓你輕鬆破解了，這次我可是輸得服服貼貼。即使我決心改邪歸正，做一個好偵探，你也要比我強得多，我可不甘心在秋之楓中學當個『二流偵探』，所以才打算到其他學校碰碰運氣。」

看見程傑一臉認真的樣子，倩倩不禁笑了起來。

「你別開玩笑哄我了。」她說

「我是說真的啦……」程傑笑道，「我看過你以前的破案紀錄，一開始我認為你不過是名聲在外，並不講求理性和嚴謹的推理，完全被感情所左右，感情用事，只是用所謂的直覺去識別犯人。我覺得在查案上，證據和觀察才是最重要的。所以，我認為你就是個笨蛋。」

「謝了。」倩倩做了個鬼臉。

「但在實際查案的過程中，我卻又意識到，你的直覺是驚人的準確──在趙婉瑩的桌子被潑墨後，你連實際的證據也沒有，就堅稱溫學晴是無辜的；同樣在稍後，當所有的證據都指向她，大家都認為她是惡作劇的主謀

時，你也同樣毫不猶疑地相信她……而你的感情用事，在最後都被證明是對的。你是一個有『情』的偵探，或許就是這樣，你才會在破案上取得成功。而我也漸漸對你改觀了。」

「你肯定也會是個好偵探，你的觀察能力也不錯啊。」

「唉，不說還好。」只見程傑歎着氣說，「就是因為我的觀察能力不錯，才會被你看出端倪，從而栽在這件案子裏。徐嘉明的那套紅十字會青年團制服，看起來和校服差不多，加上走廊裏的光線昏暗，本來是看不出什麼兩樣來的；但偏偏我的觀察力太強，不經意地瞄到了他衣服上的肩章，馬上知道他所穿的是制服。如果我不知道那是制服的話，說不定現在還置身事外哩。真是聰明反被聰明誤。」

「如果你覺得當偵探力不從心的話，」倩倩笑道，「那就當個歌手吧。」

「你真的認為我能？」程傑問。

「當然，」倩倩說着拿出自己的筆記本和原子筆，「事實上，我要你現在就替我簽個名。」

程傑有點驚訝地望向倩倩。

「就讓我做你的第一個fans吧。」倩倩鼓勵道，「如

果你以後紅了，千萬別把我們忘了啊。」

　　程傑連忙拿起筆和本子，利落地簽了名。

　　「我會努力的。」他把簽名交給倩倩，「就憑這個簽名，我會把自己的夢想實現給你看。」

　　說完，兩人相視而笑。

刑偵三人組
之探案筆記

　　只聽見婉瑩驚叫道：「是誰斗膽偷喝了我放在桌子上的熱巧克力?!」

　　「啊哈！」本來坐在一邊悶得發慌的歐陽小倩，此時立即跳了起來，「看來又到我這個大偵探出馬的時候了！」

　　「不用麻煩你啦，不用想也知道是均均偷喝的。」婉瑩的話才說到一半，就被小倩打斷。

　　「要解決這宗『案件』，最好的方法就是套取杯子上的指紋。首先，婉瑩你知道什麼是指紋嗎？」倩倩自問自答地說，「我們每個人自出生起，指尖上就長有獨一無二的指紋，這些指紋是如此獨特，以致於可以用來辨認身分——目前很多智能手機也是用指紋來代替密碼呢！而在日常生活中，我們很多時候也會在碰到的物件上留下指紋的痕跡，所以指紋也可以被用作調查案件時的證據。」

189

婉瑩歎了一口氣：「倩倩，這些我都知道，你就不用解釋下去了。何況，我已經揪出偷喝熱巧克力的『真兇』。你看，均均的嘴邊還沾着巧克力的痕跡呢！」

只見均均聽了，連忙用雙手蓋着自己的嘴巴。

倩倩可沒理會兩人，不知道從哪裏翻出一整套用來套取指紋的工具，繼續道：「就讓我親自示範如何套取指紋吧！」

說着倩倩戴上膠手套，拿起「物證」——曾經裝有巧克力的空杯子，小心翼翼地用軟毛刷沾上一些碳粉，然後輕輕塗抹在杯子的表面。

「由於碳粉會吸附在指紋所留下的汗水之上，所以只要用碳粉輕抹，就會在物件的表面形成一個看得見的指紋！」倩倩一邊解釋，一邊撕下一張透明膠紙，「現在，只要將透明膠紙按在由碳粉所組成的指紋上，然後撕下，貼在一張白紙上。你看，這樣就成功採集出一個指紋的樣本了！接下來，我們只需要把這個指紋和犯案嫌疑人十隻手指的指紋進行對比，就可以……」

倩倩抬起頭，卻發現「受害者」婉瑩和「犯案嫌疑人」均均，都早已經聽得呵欠連連。均均更是一副正在受罪的樣子，說：「還要逐隻手指去對比指紋？倩倩姐姐你就饒了我吧，我認罪啦！的確是我偷喝了婉瑩姐姐的熱巧

克力。」

「啊哈！」只見倩倩一臉驕傲地説，「看，多虧了指紋，我們才終於揪出了犯案的人。套取指紋的技巧這麼重要，我們應該多點練習才對。來，給你們一人一套工具，我們一起套取全屋所有物件上所留下的指紋吧。」

婉瑩和均均互望了一眼，無奈地歎着氣——和一個大偵探當好朋友，可不是看起來那麼好玩呢……

刑偵三人組 1
沒有謀殺的謀殺案 （修訂版）

作　　者：麥曉帆
繪　　圖：疾風翼
責任編輯：周詩韵
美術設計：李成宇
出　　版：山邊出版社有限公司
　　　　　香港英皇道 499 號北角工業大廈 18 樓
　　　　　電話：(852) 2138 7998
　　　　　傳真：(852) 2597 4003
　　　　　網址：http://www.sunya.com.hk
　　　　　電郵：marketing@sunya.com.hk
發　　行：香港聯合書刊物流有限公司
　　　　　香港新界大埔汀麗路 36 號中華商務印刷大廈 3 字樓
　　　　　電話：(852) 2150 2100
　　　　　傳真：(852) 2407 3062
　　　　　電郵：info@suplogistics.com.hk
印　　刷：中華商務彩色印刷有限公司
　　　　　香港新界大埔汀麗路 36 號
版　　次：二〇一八年七月初版
　　　　　二〇一九年六月第二次印刷

ISBN: 978-962-923-464-5